中文鑑賞與應用

第五版

五南圖書出版公司 印行

環球科技大學文哲課程委員會
李宛玲／巫淑寧／鄧秀梅／謝金安 編著

凡例

一、本書係因應大學技專院校共同科國文課程如：大一國文、中文鑑賞與應用；及通識教育文學欣賞課程教材之需要而編定。

二、希望藉由本教材，增進大學生對華語文學作品的閱讀、思考、欣賞和寫作的訓練，提升基礎語文聽說讀寫的素養和表達能力。

三、本書編定係經由全體編輯委員多次會商，在經典閱讀方面，選取具有思想智慧、倫理情操、情意美感等兼具真、善、美的作品，以供學生正聞薰習；在應用寫作方面，則編列較常用的文書，訓練學生做中學，以培養學生兼具博雅通識之人文精神。

四、在內容編排上，依循「哲理明辨」、「心靈小品」、「詩情畫意」、「戲夢人生」、「口語表達與寫作」五架構來編寫，所選錄的經典閱讀各篇作品，古典文學在前，現代文學在後，涵蓋詩、散文、小說等體裁；在口語表達與寫作方面，則依學生為學與做人、日常使用的次第而編排。

五、經典閱讀所選範文，分「題解」、「作者」、「本文」、「注釋」、「賞析」、「學習單」等六個部分。

六、「題解」說明本文之出處、大旨及相關的國學常識；「作者」介紹作者生平、事功、著作、作品風格及在文學史上的地位；「本文」節錄經典作品供學生深入閱讀；「注釋」以簡潔之文字解釋生字、難詞、難句，並酌注讀音或出處；「賞析」則是本書編委最著力處，依本文性質，或解析篇章結構，或說明藝術表現手法，或提供欣賞心得分享，可謂花果繽紛；「學習單」以提出和本文相關之問題供讀者獨立思考，旨在強化學生欣賞、聯想、分析、表達之能力，並寫下心得、感想與啓發，與老師同學分享。

七、口語表達與寫作之各式文體，先概述介紹在前，以知曉使用時機和類型；次分析結構與書寫要領，以明白寫作章法與進程；後展示範例樣本，以參考摹擬演練而完稿。授課教師可視學生實際情況與需要，搭配平時作業練習而彈性運用。

八、本書難免疏漏之處，尚請任課教師、學界先進惠予指正。

編者序

環球科技大學自一九九二年創校至今，大一中文課程從選用坊間現成教材，吸收先進前賢之精華，到累積教學相長之經驗，自編《大學古典國文選》、《大學現代國文選》、《大學通識國文選》、《中文鑑賞與應用》後，面向本校「以通識教育為核心之全校課程革新計畫」、「中文應用能力札根計畫」、「教學創新先導計畫」、「高教深耕計畫」的先後洗禮，如今羽翼漸豐，新學年再次與五南出版社產學合作編撰新教材，不但符合本校通識核心能力指標，更配合教育部技專校院共同績效指標，提升教學品質落實教學創新，兼顧學生中文閱讀寫作能力提升成效，並特別重視中文口語與表達的實務訓練，藉此新《中文鑑賞與應用》教材的人文化成，幫助大學生邁向大學之道。

面對浩如煙海的文學遺產，想要運用有限的篇幅，將它最精彩的內容，完整鮮明而普遍地呈現在讀者面前，的確不是一件容易的工作，故本書只能精選兼具知性感性和實用的作品。編者在賞析作品時，不但尊重前賢詠物、抒情、言志的本心，保持文學原有的感性之美；對作品的結構技巧等方面，亦能作疏通條達、精密嚴整的剖析，而引領讀者進入深廣的文學境界。希望讀者也能隨編者從感性的欣賞出發，入於理性的剖析思辨，再回歸保存感性的欣賞並厚用於民生。

本書依循「哲理明辨」、「心靈小品」、「詩情畫意」、「戲夢人生」、「口語表達與寫作」五架構來編寫，所選範文一本大學基礎通識及博雅教育之精神，又兼顧各學院學生特質所需，希望藉由本教材，培養學生閱讀吸收文學經典的智慧、騷人墨客的情思、才子佳人的創意、文采意境的美感，以安頓其身心靈的生命；並提升其寫作和中文口語與表達的能力，增進人文素養，做個高附加價值的環球人，在面向未來時能與時俱進更具續航的競爭力。

環球科技大學通識中心　文哲課程委員會　謹識

目錄

戲夢人生

口語表達與寫作

哲理明辨

《論語》選讀

孔子門生及再傳弟子

題解

本課選出三章有關管理方面的《論語》章節，這三章均是以君子、小人做對照。君子、小人在古代的用法，部分是指在位者與庶民百姓；而另一種用法，也是普遍在《論語》所見到的，則是有德行涵養的君子，與無道德修養的小人的差別。本課三章全是有關有無道德修養的君子、小人之間的對比。

第一章為有關君子、小人思維差異之所在，君子明白義理，處世為人均以「道義」為原則；小人則只明白了利益的好處，因此行事做人皆以有無利益可得為原則。出自〈里仁第四〉。

第二章選自〈子路第十三〉，說明君子無論在何處，皆能尊重他人的多元差異性，不強求他人與我同；小人正相反，若不與我同，則不是我的朋友，和諧的相處難以做到，嚴重者可能會演變成黨同伐異。

第三章也出自〈子路第十三〉，同樣也是就「處事」方面談君子與小人的不同。君子做事唯是一心一意，只求把事情做好，是以只要做事理念和目標一致，君子非常容易共事；相反的，若心存逢迎媚合，則是難以取悅他的。小人反是，無自我反省意識的小人是以自我為中心，做事認真與否放一邊，重要的是對方能否以自我為中心，事事皆能迎合我、順從我，因此小人不好共事，卻容易被取悅。

作者

《論語》是一本以孔子和其弟子及再傳弟子言行為主的匯編，是儒家重要的經典之一，由孔子門生及再傳弟子集錄整理，內容涉及政治、文學、哲學以及立身處世的道理等多方面，是研究孔子及儒家思想的主要典籍。南宋時朱熹將《大學》、《論語》、《孟子》、《中庸》合為「四書」，使之在儒家經典中的地位日益提高。

現今通行的《論語》版本經歷了兩次大改造，已經不是原來由孔子的弟子或再傳弟子所編訂的版本，現今通行之版本一是西漢末年張禹以《魯論》為主，結合《齊論》編定的《張侯論》，有二十一篇；其後又有鄭玄以《張侯論》為底本，根據不同版本進行點校，而定下今日的《論語》版本，約一萬兩千字。歷來注解《論語》的書籍不少，有三國時代何晏的《論語集解》，南北朝時期皇侃的《論語義疏》，北宋邢昺《論語注疏》，南宋朱熹《四書章句集注》，以及清代劉寶楠《論語正義》等。

本文

子曰：「君子喻❶於義，小人喻於利。」

——《論語・里仁第四》

子曰：「君子和❷而不同，小人同❸而不和。」

——《論語・子路第十三》

子曰：「君子易事❹而難說❺也，說之不以道❻，不說也。及其使人❼也，器之❽；小人難事而易說也，說之雖不以道，說也。及其使人也，求備❾焉。」

——《論語・子路第十三》

注釋

❶喻：曉喻，明白。

❷和：不同事物間的和諧配合，雖然彼此配合，依然能保持各方面的差異。

❸同：相同，意思是各方面都力求相同、一致，差異性愈少愈好。

❹易事：容易共事。

❺難說：「說」在此做「悅」字解，意思就是喜悅。難說，即是難以被取悅。

❻說之不以道：不依正道取悅對方。

❼使人：役使人，差遣人。

❽器之：「器」做動詞用，意思是看重、重視。器之，重視人家的才能，量才而用。

❾求備：求全責備，要求完美。

賞析

儒家首重人格修養，從孔子以來一脈相承，所優先重視的一定是涵養德行。在先聖先賢看來，有高尚的道德人品，不僅在家能夠固守家業，在外亦能善闢事業，與人為善。此做人原則不僅適用於官場，其他農、工、商百行各業也相當適用；不只主管階層適用，基層員工也適用。

為人處世首先要清楚什麼事應該做，什麼事不應該做，這種「應該、不應該」就是「義、不義」的判斷。而義或不義的判斷準則不在於有沒有獲利，而是在於做了此事我是否無愧於天、無怍於人，若是有件事於我有利可得，卻會讓我暗自愧疚，覺得對不起他人，那麼縱使有利可圖，也不應該做此行為。此處即可看見有一個法則遠遠高於利益之上，為人若明白要遵循這個超越的法則，自然就不會被利益所誘惑而從事不義的行為。這一點，有修為涵養的君子都知道，也都能自制自律，不為利益所誘；然而不清楚這個法則對為人處世的重要性之小人，當然不會將此法則置於心中，凡事利益擺中間，道義放兩邊，只要有利可圖，背信棄義根本不算什麼。此為「君子喻於義，小人喻於利」。

至於喻於義、喻於利對於職場、事業有無關係？我們閱讀《孟子》首章「王何必曰利，亦有仁義而已矣」便可知曉，一個國家、一間企業或者一個團體，只要是人群聚集的地方，若人人皆講求利益原則，罔顧道義法則，這個團體早晚都會土崩瓦解，因為人人心裡只有自己沒有公司、沒有國家，存亡之際誰會拚命來救亡圖存？所以即便是謀生的職場環境，個人的行為仍是要以「義」為依歸，不能事事皆以利為優先。

分清楚「君子喻於義，小人喻於利」的處世態度後，第二章表現的是君子、小人對於和自己的信念、價值觀不同的人有多少包容力，君子不強求他人與自己理念一致，縱使多方面不同，君子仍會尊重他人，維持和諧相處的友誼。這種態度即是當代熱烈倡導的多元價值觀的包容與尊重。反觀小人，他們力求他人的信念、價值觀要與我一致，若不與我一致，就連友誼也維持不住。這種行事便是不能包容異己，進一步便是排除異己，不容許不同的聲音出現。這一種「同而不和」處世態度只會製造對立、對抗，對於社會必然會有強大的破壞力。企業主管應當具備「和而不同」的包容力，如此才能將不同特質的員工凝聚在一起，發揮最大的工作效能；若是採取「同而不和」的狹隘心態，公司內部必然是派系林立，明爭暗鬥，團結尚且不易，更遑論要壯大公司。基層員工亦然，社會各個層面皆是如此，無包容異己的寬闊胸襟，最終只會耗損內部的能量，直到為他人取代為止。

「君子易事而難說，小人難事而易說」這一章更具體細微地彰顯有無道德修養與他人共事的關鍵差異。君子一心做事，心中只想如何把事做好；小人卻是心中唯有自己，自己的權勢、利益、榮譽等，至於事情能否做好則為其次。在這種差別的心態下，君子處事對事不對人，無需逢迎附和，事實上君子也討厭人這樣做，只要於成事有益，大體不用在意這位君子的好惡喜樂，把成績做出來較為重要。因此君子用人，重視的是此人於此事是否學有專長，能否真正解決問題，至於其他方面是否完美，他是不會在意的。

小人則相反。小人的心態是以自我為中心，心心念念的也是自我的權勢、利益、榮譽，而非公事能否完成。在此心態下，小人所考慮的便是別人能否以我為重，事事考慮我的感受，因此所用之人會不會做事乃為其次，他能否以我為主方為至關重要，即使他人巧言令色、甚而諂媚迎合，也會使小人歡喜；然而在做事上，小人為求業績、榮譽，可能會對他人施加壓力，事事求全責備，當然就難以共事了。

請沿虛線剪下

學習單

班級：＿＿＿＿ 學號：＿＿＿＿ 姓名：＿＿＿＿

問：一你有工作經驗嗎？在工作場合中，你曾遇見好的主管，或是很機車的主管嗎？你認為好的主管與不好的主管的差別是什麼？

答：

請沿虛線剪下

《孟子》選讀

孟子

〈五十步笑百步〉

題解

〈五十步笑百步〉選自《孟子》〈梁惠王上〉，大意是梁惠王不明白為何他盡心治國的結果始終無法得到預期的成效，孟子為他解答，原因出自於惠王不懂實施仁政需要長遠的規劃和制度，此規劃、制度需要體貼民心，以百姓生活為主。百姓日常之所需，人君應當充分提供，健全規劃，方能贏得民心而留住百姓；若不然，僅是河內凶則移民於河東，河東凶則移民於河內，卻不思致凶之由，如此作法看似為百姓著想，實際是治標不治本，百姓依然要受苦。

作者

孟子名軻，戰國中期鄒國人，生於周烈王四年（西元前三七二年），卒於周赧王二十六年（西元前二八七年）。孟子是中國古代著名思想家、政治家、教育家，相傳曾受業於孔子之孫孔伋（子思）的門人，為儒家重要代表人物，著有《孟子》一書，繼承並發揚了孔子的思想，成為僅次於孔子的一代儒家宗師，有「亞聖」之稱，與孔子合稱為「孔孟」。

孟子曾帶領門徒遊歷齊、宋、滕、魏、魯等國，一度擔任齊宣王的客卿，可惜他的政治主張多不被採納，便退而與弟子一起著述。有《孟子》七篇傳世，篇目為：〈梁惠王〉上、下；〈公孫丑〉上、下；〈滕文公〉上、下；〈離婁〉上、下；〈萬章〉上、下；〈告子〉上、下；〈盡心〉上、下。其學說出發點為性善論，人人皆可以為善，以「心善」而證「性善」。在政治上，孟子主張仁政德治，鼓勵君王「省刑罰，薄稅斂」，使民有恆產而安居樂業，在此基礎上施以儒家的教化。此外孟子尚有「民貴君輕」之說，政權之得失決定於民心之向背，此說雖非成熟的民主理論，卻可作為民主政治的先聲。

《孟子》和《論語》一樣，同屬於語錄體，但兩者相較，《孟子》比《論語》有明顯的發展。《論語》簡約含蓄，《孟子》卻是詳申細述，辯論滔滔，氣勢雄壯；常用譬喻或寓言故事陳說事理，文字生動明快，暢達明晰，對於後代散文有廣泛深遠的影響。歷代知名的注釋本有東漢趙岐《孟子章句》、南宋朱熹《孟子集注》、以及清焦循的《孟子正義》等。

本文

梁惠王曰：「寡人之於國也，盡心焉耳矣。河內凶，則移其民於河東❶，移其粟於河內。河東凶亦然。察鄰國之政，無如寡人之用心者。鄰國之民不加少，寡人之民不加多，何也？」

孟子對曰：「王好戰，請以戰喻。塡然鼓之，兵刃既接，棄甲曳兵而走❷。或百步而後止，或五十步而後止。以五十步笑百步，則何如？」

曰：「不可，直❸不百步耳，是亦走也。」

曰：「王如知此，則無望民之多於鄰國也。不違農時，穀不可勝食也；數罟不入洿池❹，魚鼈不可勝食也；斧斤以時入山林❺，材木不可勝用也。穀與魚鼈不可勝食，材木不可勝用，是使民養生喪死無憾也。養生喪死無憾，王道之始也。五畝之宅，樹之以桑，五十者可以衣帛矣；雞豚狗彘之畜❻，無失其時❼，七十者可以食肉矣；百畝之田，勿奪其時❽，數口之家可以無飢矣；謹庠序之教❾，申之以孝悌之養，頒白者❿不負戴於道路矣。七十者衣帛食肉，黎民不飢不寒，然而不王者，未之有也。

狗彘食人食而不知檢⓫，塗有餓莩而不知發⓬；人死，則曰：『非我也，歲也。』是何異於刺人而殺之，曰：『非我也，兵也。』王無罪歲⓭，斯天下之民至焉。」

注釋

❶河內、河東：河內指的是黃河北岸，今河南省濟源縣一帶。河東則是今山西省安邑縣一帶。

❷走：逃跑。

❸直：不過，只是。

❹數罟不入洿池：數，音ㄘㄨˋ。數罟，細密的漁網。洿，音ㄨ，指低凹之地、池塘等。古代規定漁

網的網眼密度不得少於四寸，此措施是為了保留江河湖泊中的魚種。

❺ 斧斤以時入山林：斤，斧的種類之一。進山林用斧斤砍伐木材要按一定的時間，例如夏禹時代禁止春三月伐木，《周禮》記載：「仲冬斬陽木，仲夏斬陰木。」《禮記》說：「草木零落，然後入山林。」

❻ 雞豚狗彘之畜：豚、彘都是豬，但豚特指小豬而言。雞、豚、狗、彘泛指一般豢養的家禽、家畜。

❼ 無失其時：不要錯過繁養的時機。

❽ 勿奪其時：不要耽誤農時。

❾ 謹庠序之教：認真地辦好地方上各學校的教育工作。庠序，古代對學校的稱呼。《漢書・儒林傳序》曰：「鄉里有教，夏曰校，商曰庠，周曰序。」

❿ 頒白者：頒，同「斑」。鬚髮花白的老人。

⓫ 狗彘食人食而不知檢：國君厚斂於民以養禽獸而不知制止。檢，有檢查、約制之意。

⓬ 塗有餓莩而不知發：路上有餓死的人，卻不知打開倉廩救濟。塗，通「途」。莩，音ㄆㄧㄠˇ，餓死的人。

⓭ 無罪歲：不要歸罪於年歲之豐收或歉收。

賞析

孟子的管理哲學特重「順應人性」這一方面，這也是古今儒者管理人群的普遍共識。人性既有精神的一面，也有生理的部份，尤其是生理需求這部份必須先被滿足，爾後方有精神提升的要求。人性的生理需求莫過於食衣住行，這四項需求充分滿足了，人民的快樂指數至少不會太低。因此國君治國的首要任務便是滿足廣大百姓的生理需求，這項工作仰賴一恆常穩定的制度，缺乏長遠的規劃所建立的制度，單靠緊急措施或偶然施予的恩惠，皆不足以達成養民的任務。是以當梁惠王抱怨他的施惠換不到百姓的肯定、愛戴，孟子取「五十步笑百步」來諷喻惠王，他的偶而施惠對人民而言實為杯水車薪，無法真正消除百姓的苦難，連基本的溫飽都滿足不了，人民何須感恩他呢？

孟子深知養民首則在建立制度，因此以下他提出的規劃方案，從確保食糧來源的不虞匱乏，乃至各個年齡層的需求都關照到了，無論養生或喪死皆無遺憾，如此基於百姓立場所設想而規劃出來的政策，才是百姓所需要的。惠王果真能做到這一點，不僅魏國人民感恩戴德，想必鄰國百姓也會爭先恐後地搶著當魏國的子民。

人性的生理需求得以滿足，尚只是基本的治民條件，此外人民的精神也應當提升；提高人民的精神涵養莫過於教育，所以當孟子說完養民的方針之後，他緊接著提出「謹庠序之教，申之以孝悌之養，頒白者不負戴於道路矣」的人倫教育。此是儒家治民與其他百家不同之處。蓋人之所以為人，不在於他的饑思食、渴思飲，寒思衣、倦思眠，這些其他動物也都需要；人之所以異於禽獸者，在於除了溫飽需求之餘，還有道德意識與人倫的生活，不教導人民所以為人的真諦，則一國上下將陷於「只知利而不知義」的爭奪中，最終人民的生活依舊動盪不安。

管理學的最終對象一定是人，管理人群的核心要務，按照儒家的思想，必然是順應人性，而後才能妥貼地管理人群。法治、體制固然重要，然而體制若不是建立在順應人性的基礎上，終究難以令人衷心悅服。這種認知不論應用在治國或企業管理，都是恆常不變的真理。

請沿虛線剪下

學習單

班級：＿＿＿＿ 學號：＿＿＿＿ 姓名：＿＿＿＿

問：一、孟子的環境觀念與現代的環保意識是否接近？兩者相似的地方是什麼？相異的地方又是什麼？

答：

請沿虛線剪下

老莊文選

老子、莊周

題解

《老子．第六十三章》：此章說明「無為而無不為」的聖人處世之道，能掌握無為的源頭，自然對世間的事事、物物、小大、多少能等量齊觀。

《老子．第六十六章》：此章說明老子「謙卑低下」、「以退為進」的處事哲學，老子書中，多次稱揚水之德，為人處世若能效法水的謙虛處下、兼容一切，就能如江海之成百川王，成為人間聖者。

《莊子．逍遙遊》節選：說明鵬鳥與鴳雀的境界不一，鵬鳥格局廣大，一飛衝天，此境界豈是匍匐在樹幹上的鴳雀所能理解？只著眼於眼前的那些人，無法得知一個遠行千里，心懷天下人的志向和抱負。

《莊子．齊物論》節選：「朝三暮四」與「朝四暮三」名目及實質上都沒有減少，總數是一樣的，一般人卻因為執著數量的多寡而產生喜怒變化，只有聖人不執著於是非的爭論，而保持事理的均衡。

作者

老子姓李名耳，字伯陽，楚國苦縣（今河南鹿邑）人，生卒年不詳，著有《老子》一書（又名《道德經》）一書，老子生活時代在春秋後期，約與孔丘同時而略早，相傳孔子曾問禮於老子，《史記》中亦有記載，老子所著之《道德經》共五千字，分為上篇《道經》與下篇《德經》，內容闡述自然無為的思想，他的學說隨後被莊子發揚光大，世人合稱老莊，老子被尊為道家與道教始祖，東方三大聖人之一，唐朝皇帝並追認老子為李姓始祖，名列世界百大歷史名人之一。

莊子姓莊名周，字子休，宋國蒙（今河南商丘或安徽蒙城）人，生於西元前三六九年，卒於西元前二八六（一說西元前二七五年），著有《莊子》一書（又名《南華真經》），莊子生活時代在戰國中期，約與孟子同時，為當代道家代表人物，其崇尚自由、不慕名利，終其一生只做過宋國的漆園吏，莊子崇尚清靜無為的精神自由，他的學說思想後來被稱為莊學，其書《莊子》書，除了有深刻的哲學思想，亦頗富文學價值，後人評價「文學的哲學，哲學的文學」。司馬遷曾云莊子著書十萬餘言，而今本《莊子》僅餘三十三篇六萬五千多字，分內篇、外篇、雜篇三部分，今考證僅內篇為莊子本人所著，而外篇和雜篇多為後人託名，內容大抵為莊子思想之發揮，雖非莊子本人所著，仍有其參考價值。

本文

(一)《老子．第六十三章》

為無為，事無事，味無味❶。大小多少，報怨以德。圖難於其易，為大於其細。天下難事，必作於易；天下大事，必作於細。是以聖人終不為大，故能成其大。夫輕諾必寡信，多易必多難，是以聖人猶難之，故終無難。

(二)《老子．第六十六章》

江海所以能為百谷王者，以其善下❷之，故能為百谷王。是以聖人欲上民❸，必以言下之；欲先民，必以身後之。是以聖人處上而民不重，處前而民不害。是以天下樂推而不厭。以其不爭，故天下莫能與之爭。

(三)《莊子．逍遙遊》燕雀安知鴻鵠之志

「有鳥焉，其名為鵬，背若泰山，翼若垂天之雲，摶扶搖羊角而上者❹九萬里，絕雲氣，負青天，然後圖南，且適南冥❺也。斥鴳❻笑之曰：「彼且奚適也？我騰躍而上，不過數仞而下，翱翔蓬蒿之間，此亦飛之至也。而彼且奚適

也？」此小大之辯也。」

(四)《莊子．齊物論》朝三暮四

「何謂朝三？曰狙公賦芧❼，曰：「朝三而莫四。」眾狙皆怒。曰：「然則朝四而莫三。」眾狙皆悅。名實未虧，而喜怒爲用，亦因是也。是以聖人和之以是非，而休乎天鈞❽，是之謂兩行❾。」

注釋

❶為無為，事無事，味無味：為政的目的是止於至善達到不用再為的道德境界；做事要做到圓滿不再生事；味道要調到剛剛好無需另外調味。

❷善下：善於屈居劣勢。

❸上民：站在人民之上。

❹摶扶搖而上者：謂鵬鳥藉著風力盤旋而上。摶，音同「團」，盤旋。扶搖，迴旋而上的暴風。

❺南冥：南方的大海。

❻斥鴳：鴳雀，體型小，飛不過一尺高。

❼賦芧：賦：給予，芧：音ㄒㄩˋ，橡樹的果實。因形狀像栗子，故或稱為「橡栗」。

❾兩行：物與我，兩行其便。

賞析

《老子．第六十三章》：本章重點是說明「道」的基礎。道以「無」為核心，「有」是其發展，「無」是萬事萬物所共有的本質。所以「無為」就是最高層次的「為」，「無事」也是最高境界的「事」；「無味」就是最高境界的「味」。為「道」者所要做的、所要體味的就是這個「無」。「無」才是「道」最核心的東西。「無」也是一切「有」的基礎。自然順暢、清靜無事、沖淡平和就是「無」的境界。「無」才能「不以物喜」從而「不為物役」，才能「不為己悲」從而「寵辱不驚」。

《老子・第六十六章》：此章旨在藉江海廣納百川的特質，說明謙下、包容的修養工夫，聖人因其善下不爭，故能處上無害，保有天下。老子的政治理想，大國、小國各安其貌，漸次回到「江海為百谷王」的理想狀態，不爭、謙退並非消極，而是一種自足飽滿的生活智慧，用之於人生，施之於政治，皆有其積極的意義。

《莊子・逍遙遊》節選：逍遙意指優遊自得的樣子；「逍遙遊」就是沒有任何束縛地、自由自在地活動。此篇巧用寓言故事，文筆變化多端，富於浪漫主義色彩，其中講解蜩鳩之見。藉鵬鳥的「大」來比喻心胸、氣魄、境界的「大」，藉鴳雀的「小」，來比喻世人領悟力、認知力的「小」，兩者因為認知上的差距，對於事務的觀感也有極大的差異。因此鴳雀無法領會大鵬鳥的知識能力高遠無極。此篇莊子不談「知識」而談「故事」，藉由故事中差異鮮明的價值對比來發人深省，極富教育意義。

《莊子・齊物論》節選：莊子在齊物論裡藉南郭子綦和顏成子游的對話，提到了「忘我」的這個概念，之所以要忘我，乃是因為莊子認為，若不忘我，「物論」就會從此而產生。「物論」有什麼害處呢？物論之害，勞神、致兵、慕外物、失真心。如果執著於外物表象的追求，就會徒勞心力，而失去最基本的本質，莊子拿「朝三暮四」這個寓言來說明這個道理，「朝三暮四」與「朝四暮三」其實是一樣的，但因為猴子只重視事物的表象，才會勞神於這種無關痛癢的事情上。同樣的道理，太過重視外物，爭奪就會隨之而起，最真的本心也因此而亡失了。

請沿虛線剪下

學習單

班級：＿＿＿＿　學號：＿＿＿＿　姓名：＿＿＿＿

問：

一．老子的人生哲學，你最受用的是哪一個觀念，如何運用在生活中？

二．《莊子．逍遙遊》中燕雀與大鵬鳥的境界，你最欣賞哪一個，為什麼？

答：

請沿虛線剪下

〈二十四孝圖〉（節選）

魯迅

題解

本文選自魯迅《朝花夕食》散文集，內容集中在自古流傳下來的《二十四孝》故事，放在現代（二十世紀）的國情是否仍然適宜的問題。《二十四孝》是元代郭居敬所編錄，蒐集歷代二十四個孝子從不同角度、不同環境、不同遭遇行孝的故事集。由於後來的印本大都搭配圖畫，故又稱《二十四孝圖》，是一本中國古代宣揚儒家思想及孝道的通俗讀物。

雖然宣揚孝道是一件極好的事，對於家庭、社會乃至國家皆能發揮穩定人心的作用，不過若是內容太過偏狹，甚至超乎人情之常，孝道便有可能成為盲目的愚孝。魯迅依據人性的正常推理，質疑某些故事可能被加油添醋，只是為了增強劇情；而有些故事直是要鬧出人命了，類似這一種孝順的故事實在不宜普及。

作者

魯迅（西元一八八一年—一九三六年），生於浙江紹興，本名周樹人，字豫才。從小接受傳統文化的薰陶，在南京求學及日本留學期間，又廣泛接觸西方文化。西元一九〇五年—一九〇七年參加革命黨人的活動，發表了《摩羅詩力說》、《文化偏至論》等論文。期間曾回國奉母命與夫人朱安結婚。一九〇九年，與其弟周作人一起合譯《域外小說集》，介紹外國文學。同年回國，先後在杭州、紹興任教。辛亥革命後，曾任南京臨時政府和北京政府教育部部員、僉事等職，兼在北京大學、女子師範大學等校授課。

一九一八年五月，首次用「魯迅」的筆名，發表中國現代文學史上第一篇白話小說〈狂人日記〉，奠定了新文學運動的基石。五四運動前後，參加《新青年》雜誌工作，成為「五四」新文化運動的主將。其中以一九二一年十二月時發表的中篇小說《阿Q正傳》堪稱為中國現代文學史上的不朽傑作。一九三六年十月十九日因肺結核病逝於上海，上海民眾上萬名自發舉行公祭、送葬，葬於虹橋萬國公墓。其創作主要有短篇小說集《吶喊》、《徬徨》，散文詩集《野草》，散文集《朝花夕拾》，以及《熱風》等十六本雜文和書信集《兩地書》；尚有《中國小說史略》、《漢文學史綱要》等學術著作。

本文

我所收得的最先的畫圖本子，是一位長輩的贈品：《二十四孝圖》。這雖然不過薄薄的一本書，但是下圖上說，鬼少人多，又為我一人所獨有，使我高興極了。那裡面的故事，似乎是誰都知道的；便是不識字的人，例如阿長❶，也只要一看圖畫便能夠滔滔地講出這一段的事跡。但是，我於高興之餘，接著就是掃興，因為我請人講完了二十四個故事之後，才知道「孝」有如此之難，對於先前痴心妄想，想做孝子的計劃，完全絕望了。

「人之初，性本善」麼？這並非現在要加研究的問題。但我還依稀記得，我幼小時候實未嘗蓄意忤逆，對於父母，倒是極願意孝順的。不過年幼無知，只用了私見來解釋「孝順」的做法，以爲無非是「聽話」，「從命」，以及長大之後，給年老的父母好好地吃飯罷了。自從得了這一本孝子的教科書以後，才知道並不然，而且還要難到幾十幾百倍。其中自然也有可以勉力仿效的，如「子路負米」❷，「黃香扇枕」❸之類。「陸績懷桔」❹也並不難，只要有闊人請我吃飯。「魯迅先生作賓客而懷橘乎？」我便跪答云，「吾母性之所愛，欲歸以遺母。」闊人大佩服，於是孝子就做穩了，也非常省事。「哭竹生筍」❺就可疑，怕我的精誠未必會這樣感動天地。但是哭不出筍來，還不過拋臉而已，到「臥冰求鯉」❻，可就有性命之虞了。我鄉的天氣是溫和的，嚴冬中，水面也只結一層薄冰，即使孩子的重量怎樣小，躺上去，也一定嘩喇一聲，冰破落水，鯉魚還不及游過來。自然，必須不顧性命，這才孝感神明，會有出乎意料之外的奇蹟，但那時我還小，實在不明白這些。

其中最使我不解，甚至於發生反感的，是「老萊娛親」❼和「郭巨❽埋兒」

兩件事。

我至今還記得，一個躺在父母跟前的老頭子，一個抱在母親手上的小孩子，是怎樣地使我發生不同的感想呵。他們一手都拿著「搖咕咚」。這玩意兒確是可愛的，北京稱爲小鼓，蓋即鼗[9]也，朱熹曰：「鼗，小鼓，兩旁有耳；持其柄而搖之，則旁耳還自擊，」咕咚咕咚地響起來。然而這東西是不該拿在老萊子手裡的，他應該扶一枝拐杖。現在這模樣，簡直是裝佯，侮辱了孩子。我沒有再看第二回，一到這一頁，便急速地翻過去了。

那時的《二十四孝圖》，早已不知去向了，目下所有的只是一本日本小田海僊[10]所畫的本子，敘老萊子事云：「行年七十，言不稱老，常著五色斑斕之衣，爲嬰兒戲於親側。又常取水上堂，詐跌仆地，作嬰兒啼，以娛親意。」大約舊本也差不多，而招我反感的便是「詐跌」。無論忤逆，無論孝順，小孩子多不願意「詐」作，聽故事也不喜歡是謠言，這是凡有稍稍留心兒童心理的都知道的。

然而在較古的書上一查，卻還不至於如此虛僞。師覺授《孝子傳》云，「老萊子……常衣斑斕之衣，爲親取飲，上堂腳跌，恐傷父母之心，僵仆爲嬰兒啼。」（《太平御覽》四百十三引）較之今說，似稍近於人情。不知怎地，後之君子卻一定要改得他「詐」起來，心裡才能舒服。鄧伯道棄子救侄⑪，想來也不過「棄」而已矣，昏妄人也必須說他將兒子捆在樹上，使他追不上來才肯歇手。正如將「肉麻當作有趣」一般，以不情爲倫紀，誣蔑了古人，教壞了後人。老萊子即是一例，道學先生以爲他白璧無瑕時，他卻已在孩子的心中死掉了。

至於玩著「搖咕咚」的郭巨的兒子，卻實在值得同情。他被抱在他母親的臂膊上，高高興興地笑著；他的父親卻正在掘窟窿，要將他埋掉了。說明云，「漢郭巨家貧，有子三歲，母嘗減食與之。巨謂妻曰，貧乏不能供母，子又分母之食。盍埋此子？」但是劉向《孝子傳》所說，卻又有些不同：巨家是富的，他都給了兩弟；孩子是才生的，並沒有到三歲。結末又大略相像了，「及掘坑二尺，得黃金一釜，上云：天賜郭巨，官不得取，民不得奪！」

我最初實在替這孩子捏一把汗，待到掘出黃金一釜，這才覺得輕鬆。然而我已經不但自己不敢再想做孝子，並且怕我父親去做孝子了。家境正在壞下去，常聽到父母愁柴米；祖母又老了，倘使我的父親竟學了郭巨，那麼，該埋的不正是我麼？如果一絲不走樣，也掘出一釜黃金來，那自然是如天之福，但是，那時我雖然年紀小，似乎也明白天下未必有這樣的巧事。

現在想起來，實在很覺得傻氣。這是因爲現在已經知道了這些老玩意，本來誰也不實行。整飭⑫倫紀的文電是常有的，卻很少見紳士赤條條地躺在冰上面，將軍跳下汽車去負米。何況現在早長大了，看過幾部古書，買過幾本新書，什麼《太平御覽》咧，《古孝子傳》咧，《人口問題》咧，《節制生育》咧，《二十世紀是兒童的世界》咧，可以抵抗被埋的理由多得很。不過彼一時，此一時，彼時我委實有點害怕：掘好深坑，不見黃金，連「搖咕咚」一同埋下去，蓋上土，踏得實實的，又有什麼法子可想呢？我想，事情雖然未必實現，但我從此總怕聽到我的父母愁窮，怕看見我的白髮的祖母，總覺得她是和我不兩立，至少，也是一個和我的生命有些妨礙的人。後來這印象日見其淡了，但總有一些留遺，一直到她去世——這大概是送給《二十四孝圖》的儒者所萬料不到的罷。

注釋

❶阿長：魯迅的保姆。

❷子路負米：子路年輕時家境貧困，自己著簡陋的飯菜，卻從百里外背著米糧回來給父母享用。後人遂用「子路負米」、「負米百里」為孝親、奉養之意。典故出自劉向《說苑．建本》。子路曰：「負重道遠者不擇地而休，家貧親老者不擇祿而仕。昔者由事二親之時，常食藜藿之實，而為親負米百里之外。親沒之後，南遊於楚，從車百乘，積粟萬鍾。累茵而坐，列鼎而食，願食藜藿為親負米之時，不可復得也。」

❸黃香扇枕：完整地說應該是「黃香扇枕溫衾」。漢朝有一孝子黃香，年九歲母親過世，黃香雖然年幼，卻一手負起家中所有辛苦之事，一心孝順侍候父親。盛夏時分，黃香會在父親睡覺之時先扇涼枕蓆，再請父親入睡；隆冬季節，黃香則會先以身體溫熱被褥後，再請父親上床安眠。他的孝行不久傳遍京城，當時人盛讚他「天下無雙，江夏黃童」。

❹陸績懷桔：也寫作「陸績懷橘」。陸績，三國時代人物，字公紀，父親陸康曾為廬江太守，與袁術交好。陸績六歲那年去九江拜見袁術，當時袁術端出一盤橘子熱情款待，陸績趁著大人熱烈談話間，悄悄拿三個橘子往懷裡塞。等到要拜別回家時，不料橘子卻從胸口衣襟中滾出來，主人袁術笑道：「陸郎作賓客而懷橘乎？」陸績回答：「吾母性之所愛，欲歸以遺母。」袁術聽了非常驚訝，在場的賓客也都深受感動，陸績懷桔的故事便流傳下來。

❺哭竹生筍：孟宗是三國時代人物，少年喪父，辛苦撫養他的母親有天病重，孟宗想用新鮮竹筍做羹湯給母親喝，時值寒冬，市場不供應新鮮竹筍，孟宗急得跑到竹林裡，抱住竹幹哭泣。沒想到這一舉動感動上天，過不久地面的泥土居然裂開，冒出幾棵嫩筍。孟宗十分開心，摘了竹筍回家給母親做湯喝，母親喝完也痊癒了。

❻臥冰求鯉：王祥，晉朝人，早年喪母，繼母朱氏常與父親說他的壞話，導致父子親情疏離。有一年冬天繼母臥病在床，十分渴望喝碗鯉魚湯，於是王祥來到河畔想捕捉新鮮鯉魚，但此時河面早已冰封一片，為了捉活魚，王祥竟然脫衣赤裸裸地躺在冰面上，企圖以自己的體溫融化冰層。此孝行感動天地，冰面居然開始融化，躍出兩條鯉魚讓他捕獲。繼母食後，果然病癒。

❼老萊娛親：老萊子，春秋楚國人，孝順父母十分細

緻周到，千方百計討父母的歡心。有一次，老萊子的父親望著兒子的花白頭髮，不禁感歎著說：「兒子也這般老了，我們在世的日子也不會長了。」老萊子不願父母有這樣的想法。於是做了一套五彩斑斕的衣服，常常穿在身上，連走路也假裝成小兒跳舞的樣子，使父母看了笑呵呵。一天，老萊子為父母打水上堂，不小心跌了一跤，他恐怕父母傷心，索性就賴在地上打滾，口中還裝出嬰兒啼哭的聲音。父母以為老萊子是故意跌跤的，見他在地上打著滾，不肯起來，忍不住笑著說：「老萊子真會玩！」

❽郭巨：字文舉，隆慮（今河南林縣）人，一說河內溫縣（今河南溫縣西南）人。是中國古代著名故事《二十四孝》之「埋兒奉母」的主角。郭巨埋兒奉母的故事最早出自晉朝的《搜神記》，後來被《二十四孝》作者改動了一些情節，成為二十四孝故事之一。

❾鼗：音ㄊㄠˊ。又作鞉，又稱鼗鼓、手搖鼓、波浪鼓等等，是傳統鼓之一種，常見於東亞文化圈。它的歷史可追溯至戰國時期，屬於打擊樂器。鼓的外圈有對稱的二個小鼓錘；鼓的下面有木柄，手持之可以左右搖擺，二個小鼓錘便會隨之左右打擊鼓面而發聲。

❿小田海僊：日本江戶幕府末期的文人畫家，一七八五～一八六二，他所畫的《二十四孝圖》是一八四四年（清道光二十四年）的作品，曾被收入在上海點石齋書局出版的《點石齋叢畫》。

⓫鄧伯道棄子救侄：鄧攸，字伯道，晉代襄陵人（山西）。永嘉之亂中，鄧攸帶著全家人逃難，途中捨棄了自己的親生兒子，保全了弟弟的兒子。此事《世說新語》、《晉書》皆有記載。

⓬整飭：整頓。飭，音ㄔˋ。

賞析

子曰：「弟子入而孝，出而弟，謹而信，泛愛眾，而親仁，行有餘力，則以學文。」儒家自孔子起所提倡的實踐工夫，便是以孝道為開端。對父母不孝，而對兄弟、友朋、國人皆能友好，那是不可能的。由於中國文化之主流自古是以儒家為宗，因之儒家所闡揚的孝道自然也為當政者採納發揚，元代的郭居敬搜羅、編輯了二十四個孝子的故事，自然也是希望藉由這些孝子的事蹟能夠影響古今中國人均能重視孝道。此原本是一件極好的事，但問題出在他所編纂的故事，並非每一則都適宜，有些故事超出人情之常，有的孝子的行孝舉動恐有性命之憂，某些則是幾乎要鬧出人命了。

譬如陸績懷桔，小小陸績為了讓母親得以品嚐甜美多汁的柑桔，將桔子藏在袖懷裡欲將之偷偷帶回，固然其行天真可愛，事實上卻是對主人袁術的大不敬，也會暴露自己的家教甚差。果真陸績念念不忘母親，大可向主人稟明原由，央求帶回幾個桔子讓母親品嚐，相信沒有一位主人會拒絕的。如果小陸績不敢明言，他也能夠私下拜託父親轉達，一樣能達成目的，何須採用近乎小偷的舉止把桔子帶回給母親？

王祥臥冰求鯉真的不是一件值得提倡、褒揚的孝跡，為了繼母要喝鯉魚湯，王祥居然裸身俯臥在冰面上，企圖融化冰層引來鯉魚，此舉誇張違反常理，難道王祥不知讓皮膚與冰層直接接觸會帶來什麼後果？皮膚不僅會嚴重凍傷，寒氣入侵也會損及身體健康。固然此處也見出王祥真是一心一意掛念繼母，自己的安危拋諸腦後，確實令人感動，但我們仍然不由得為他捏把冷汗，要成為孝子真的要冒著性命之虞的壓力，難怪魯迅會說「自從得了這一本孝子的教科書以後，才知道並不然，而且還要難到幾十幾百倍。」

老萊娛親是作者頗為反感的一篇故事。魯迅之所以反感，首先是人之所為若與年齡、身分不對應，就會令人詫異；尤其是明明臉上長滿皺紋的老人家，偏要模仿三歲孩童的天真爛漫，搖著波浪鼓，穿著小孩才會穿的斑斕五彩衣服，咕咚咕咚地在父母面前咿咿呀呀唱歌跳舞，單是想像那個畫面，每個人大約都難以接受。魯迅說：「這模樣，簡直是裝佯，侮辱了孩子。」這句話道盡每個人的心聲。

最令現代人不可思議的莫過於「郭巨埋兒」這則故事，只因家貧，母親又特別慈愛剛出生的幼兒，時常把不足的食物分給幼兒，郭巨在擔憂母親食物不足、健康受損的情況下，竟然動起了埋葬幼兒，使他再也不能分享母親的食物的念頭。於是我們可以想像一幅畫面，一邊是被母親擁在懷裡，不知死期將至的無知幼子，尚在天真好奇地望著四周；另一邊則是狠心的父親正在掘坑準備活埋無辜的親生子。此時的郭巨對郭母而言是無比體貼的孝子，然而對孩子而言，他應是一位鐵石心腸的父親了！當真除了埋葬幼子便再無其他辦法增加食物嗎？郭巨究竟有無認真地開闢財源呢？進一步我們亦可追問，一旦郭母知道孫兒為了她被活埋，心裡會做何感想？雖有充分的食物，為人祖母的還能咽得下去？古人蒐集這則故事，不知內心是什麼想法，這樣的故事真的能鼓勵人盡孝？然而我們見到魯迅的反應卻是「我已經不但自己不敢再想做孝子，並且怕我父親去做孝子了」，甚至「從此總怕聽到我的父母愁窮，怕看見我的白髮的祖母，總覺得她是和我不兩立，至少，也是一個和我的生命有些妨礙的人。」祖孫親情竟被弄到對立狀態，這豈是古人預想得到的？

魯迅以身為二十世紀的現代人來檢驗、反思《二十四孝》的故事，其中確有令人見賢思齊的範例，然大部分其實已經不合時宜，若一味盲目地跟從仿效，恐怕無法令人感動，反而是引人側目了。

請沿虛線剪下

學習單

班級：＿＿＿＿　學號：＿＿＿＿　姓名：＿＿＿＿

問：一、你認為《二十四孝》故事中，有哪些孝行仍然可以應用在現代的社會？

答：

請沿虛線剪下

心靈小品

〈晚遊六橋待月記〉／袁宏道

《幽夢影》選／張潮

〈綠〉／朱自清

〈前進〉／賴和

〈晚遊六橋待月記〉

袁宏道

題解

袁宏道是明代公安派代表人物。針對前後七子「文必秦漢，詩必盛唐」、字摹句擬的風氣，他大聲疾呼：創作要充分發揮自己個性，不要從人腳跟，要「獨抒性靈，不拘格套，非從自己胸臆中流出，不肯下筆。」（〈序小修詩〉）他強調文學要「真」，要有真知灼見、真情實感，要從「假人假言」，也就是從「文以載道」的封建文學觀中解放出來。這種尊重個性、要求解放，反對傳統的文學主張，使他的創作充滿著由儒、道、禪混合的自由放縱思想。

袁宏道一生創作了大量山水遊記，在他筆下，秀色可餐的吳越山水，堤柳萬株的柳浪湖泊，風清氣爽的真州，春色宜人的京兆，皆著筆不多而宛然如畫。這些山水遊記信筆直抒，不擇筆墨。寫景獨具慧眼，物我交融，怡情悅性。語言清新流利，俊美瀟灑，如行雲流水般舒徐自如。〈晚遊六橋待月記〉，可算其代表作之一。

〈晚遊六橋待月記〉選自《袁中郎全集》，袁宏道在明神宗萬曆二十五年（一五九七年）辭去知縣，二月時首次漫遊西湖寫的一篇遊記。文章表現了作者獨特的審美觀照，認為西湖之美在春月、在朝煙、在夕嵐，而以月夜為最。

作者

袁宏道（一五六八～一六一〇年）字中郎，號石公，湖北公安縣人。他年少能文，十六歲那年，中秀才，結社城南，自為社長。萬曆二十年，他二十五歲中進士，後為吳縣令，聽斷敏決，清除積弊，一縣大治，時人稱讚是從沒有過的好縣官。官終吏部稽勳郎中。但他鄙棄官場，不慕榮利，對當時政治深感不滿。性愛山水，漫遊南北，為官不久，終於退隱鄉居。所作詩文，主張妙悟清雋，以清新輕俊的風格，被時人稱為公安體。享年四十三歲，《明史．文苑傳》有他的傳。作品有《袁中郎集》四十卷、《觴政》、《明文雋》、及《瓶花齋雜錄》等。

他和其兄袁宗道（伯修）、其弟袁中道（小修），同為晚明重要的詩文作家，世稱三袁。他師事李贄（卓吾），推崇徐渭（文長），在詩文和思想上深受其影響。三袁中袁宏道創作最富，理論上亦最多建樹，實為翹楚。明代文學受復古思潮的影響最深，以袁宏道為首的公安派，認為文學是不斷發展的、反對摩擬、獨抒性靈、不拘格套、文必貴質、以真為歸的文學思想，重視小說、戲曲、民歌的文學價值，既是對前七子（李夢陽、何景明、徐禎卿、邊貢、王廷相、康海、王九思）、後七子（李攀龍、王世貞、謝榛、宗臣、梁有譽、徐中行、吳國倫）文學復古運動的糾偏，同時也是明代萬曆時期一種反抗傳統禮教，深受李贄以一己之真情為宗的童心說所影響，以任情適性為宗的市民意識在文學上的反映。

本文

晚遊六橋[1]待月記

西湖最盛，爲春爲月[2]。一日之盛[3]，爲朝煙，爲夕嵐[4]。今歲春雪甚盛，梅花爲寒所勒[5]，與杏桃相次開發，尤[6]爲奇觀。石簣[7]數爲余言：「傅金吾[8]園中梅，張功甫[9]家故物也，急往觀之。」余時爲桃花所戀[10]，竟不忍去湖上。

由斷橋至蘇堤一帶，綠煙紅霧，彌漫二十餘里。歌吹爲風[11]，粉汗爲雨[12]，羅紈之盛[13]，多於[14]堤畔之草，艷冶[15]極矣。

然杭人遊湖，止午、未、申三時[16]。其實湖光染翠之工，山嵐設色[17]之妙，皆在朝日始出，夕舂[18]未下，始極其濃媚。月景尤不可言，花態柳情，山容水意，別是一種趣味。此樂留與山僧遊客受用[19]，安[20]可爲俗士道[21]哉？

注釋

❶六橋：西湖蘇堤上的六座橋，由南向北依次名為映波、鎖瀾、望山、壓堤、東浦、跨虹。

❷為春為月：意為是春天月夜。

❸一日之盛：一天最美的時候。

❹夕嵐：傍晚山間的霧氣。

❺梅花為寒所勒：為，被；勒，抑制。

❻尤：特別。

❼石簣：即陶望齡，字周望，號石簣，明代會稽人。明萬曆年進士，袁宏道的朋友，公安派作家。

❽傅金吾：人名，明朝錦衣衛的官員。

❾張功甫：南宋將領張峻的孫子，玉照堂是其園林，有名貴梅花四舊址。

❿戀：迷戀。

⓫歌吹為風：美妙的音樂隨風飄揚。

⓬粉汗為雨：帶粉香的汗水如雨流淌。

⓭羅紈之盛：羅紈，絲織品綢緞，這裡借來形容穿著華麗衣裳的人很多。

⓮於：比。

⓯艷冶：艷麗妖冶。

⓰午、未、申三時：指午時、未時、申時三個時辰，相當於從上午十一時至下午五時的這一段時間。

⓱設色：染上彩色。

⓲夕舂：夕陽的代稱。

⓳受用：享用。

⓴安：怎麼。

㉑道：說。

賞析

明人小品寫山水者，十九不離西湖，本文也是袁中郎一系列西湖攬勝的記錄之一，泛寫西湖佳致，與虎丘、飛來峯、孤山、靈隱、蓮花洞、烟霞石屋等專寫一地一物者不同。這次作者撇開一般所共賞的湖光山色，著重描寫西湖六橋（蘇堤上由南而北的六座石拱橋，名為映波、鎖瀾、望山、壓堤、東浦、跨虹）一帶的春月景色，從初春的梅桃杏爭妍到一天的朝煙、夕嵐、月下的獨特美景，用簡潔輕快的筆墨加以描寫，寫出西湖「別是一種趣味」的風致。

首先總述本篇要旨，指出春時，月景、朝煙、夕嵐為西湖最美之景（第一段）。次分寫，在前詳細勾勒了西湖畔的春遊圖，由物及人，先從側面寫西湖桃花之盛，再寫沿途觀花的遊人之盛。花事正盛才有遊人之盛，運用了烘雲托月的寫法（第二段）；在後生動地描寫日出日落時朝煙夕嵐的濃媚姿色，尤其是月下西湖的「花態柳情，山容水意」，妙不可言（第三段）。

作者開始詳寫春日之景，並沒有著力去刻畫、描繪那種盛景，而只是用一個詞語「竟不忍去」反襯那種景色的迷人。最後作者提出了自己與眾不同的見解，即認為西湖的美景最適宜在「朝日始出，夕舂未下」時欣賞，這與一般人遊湖選擇在「午、未、申」三時不一樣，表現作者與一般俗士迥異其趣，流露出作者寄情於山水的愉悅心境。不僅如此，在別人都急欲賞傲雪梅花時，作者卻為貶作輕薄之物的桃花所戀，也表現了他與傳統士大夫情趣的相悖，作者在行文時並沒有正面去寫月景，只是說「月景尤不可言」，「別是一種趣味」，至於具體的月景，就只有留給人們自行去體驗與馳騁想像了。

寫西湖春天的美景時，先寫石簣多次對我說「急往觀之」，「余（我）時為桃花所戀」，「由斷橋至蘇堤一帶，綠煙紅霧，彌漫二十餘里」是直接寫景，寫出了春天的西湖美不勝收；接下來說「歌吹為風，粉汗為雨，羅紈之盛，多於堤畔之草，豔冶極矣」，極言遊人如織的盛況。遊人為什麼如此多？皆因西湖春景太美了，這是有力的側面烘托。

文章以審美感受為線索，按照遊西湖的先後順序，用平實的文筆記敘了自己遊西湖的感想和西湖美麗壯觀的景色，而描繪春季杭州西湖美景時不尚誇飾，只就眼前之景點染幾筆，卻活畫出西湖的「靈性」，表達了與常人不同的獨到審美情趣，從而表現出作者的不與世俗同流合污、獨以自然山水為樂的情感。

請沿虛線剪下

學習單

班級：　　學號：　　姓名：

問：

一、公安派的代表人物及其文學主張為何？你覺得這種主張好嗎？

二、請說明〈晚遊六橋待月記〉中，你比較喜歡的是哪種風景？為什麼？

三、台灣有很美麗的自然風景，請試寫一篇你去過的小品自然山水遊記。

答：

請沿虛線剪下

《幽夢影》選

張潮

題解

《幽夢影》一書，為清代隨筆式小品，收錄作者張潮隨手錄下之格言、箴言，哲言、清言、韻語、警語，共兩百一十九則，就文體而言，應屬語錄體，不同於先秦唐宋之語錄的正襟危坐、道氣十足，清初的語錄內容活潑、語言生動，正所謂「以風流為道學，寓教化於詼諧（石龐〈幽夢影序〉）」，書名應取義於六如，即金剛經：「一切有為法，如夢、幻、泡、影，如露亦如電，應作如是觀。」以幽夢影為題，言世相如幽人夢境，如夢如影，並蘊含著破人夢境、發人警醒的用心，信手拈來皆為妙句，於古今人事之變，有深切體悟，動人以情，發人省思。

作者

張潮，字山來，一字心齋，號三在道人。然而張潮號「三在道人」之因，乃孫致彌為《幽夢影》所寫的序：「然三才之理，萬物之情，古今人事之變，皆在是矣。」依內容來看，是指天、地、人三才之理俱在，故稱「三在道人」。張潮出身門閥，父張習孔官至侍郎，其少年能文，與冒襄、孔雲亭、陳維崧等名士有詩文往來，言論詼諧，觀點精闢，處世瀟灑，交友不拘，平素不喜八股文，苦讀不第，後補官，僅至翰林院孔目。文章風格簡單明白、內容寓意深長，廣為世人接受，其著作重視「真」之展現，以為文章要有真情實意，如此無論四書五經或小品散文皆具有同等價值。張潮著作頗富，計有《心齋聊復集》、《花影詞》、《筆歌》、《幽夢影》、《奚囊寸錦》、《心齋詩集》、《飲中八仙令》等，另曾編輯刊刻《檀幾叢書》、《昭代叢書》，由於與清代當道不符，其書多被禁燬，直到民國以後才又陸續被挖掘重刊。

本文

一

梅令人高，蘭令人幽，菊令人野，蓮令人淡，春海棠令人艷，牡丹令人豪，蕉與竹令人韻，秋海棠令人媚，松令人逸，桐令人清，柳令人感❶。

二

春聽鳥聲，夏聽蟬聲，秋聽蟲聲，冬聽雪聲。白晝聽棋聲，月下聽簫聲。山中聽松風聲，水際聽欸乃❷聲。方不虛生此耳。

三

律己宜帶秋氣，處世宜帶春氣❸。

四

有工夫讀書，謂之福；有力量濟人，謂之福；有學問著述，謂之福；無是非到耳，謂之福；有多聞直諒之友，謂之福❹。

五

人莫樂於閒，非無所事事之謂也。閒則能讀書，閒則能遊名勝，閒則能交益友，閒則能飲酒，閒則能著書。天下之樂，孰大於是？

六

傲骨不可無，傲心不可有。無傲骨則近於鄙夫，有傲心不得爲君子❺。

注釋

❶高：高潔脫俗；幽：幽雅閒靜；野：野趣橫生；淡：澹泊；艷：艷麗鮮活；豪：豪情滿懷；韻：情趣韻味；媚：嬌媚妖冶；逸：超脫飄逸；清：清純高遠；感：情思萬千。

❷欸：音ㄞˇ，搖櫓聲。著名古琴曲《欸乃》存譜初見於明代汪芝輯《西麓堂琴統》，亦稱漁歌、欸乃歌。

❸秋氣：秋天有肅殺之氣，春氣：春天溫和之氣。

❹多聞直諒：見識淵博、正直信實。

❺傲骨：不屈不撓的意志。傲心：驕傲之心。鄙夫：指人格鄙陋、見識淺薄之人。

賞析

《幽夢影》共二百十九條格言短句，內容包羅萬象，讀書心得、治學方法、品德修養、友朋交往、遊歷見聞、人生經驗等，均有透徹的體悟。本文之四、五則即屬於勸人讀書著述之類，張潮出身書香門第，父張習孔為順治六年（一六四九）進士，官至刑部郎中，為徽籍著名的私人藏書、刻書家。張潮深受家庭環境影響，好讀古今之書，《幽夢影》中言及治學方法、談論讀書的語錄為數頗多，如其言：「少年讀書，如隙中窺月；中年讀書，如庭中望月；老年讀書，如臺上玩月。皆以閱歷之淺深，為所得之淺深耳。」為歷來學者津津樂道之語。

而關於為人處世，是張潮談得最多、最精到，也深為世人喜愛的內容。其中不少議論，都可以做為人生箴言來看，如本文之第三：「律己宜帶秋氣，處世宜帶春氣。」說明待人以寬，律己以嚴的處世之道，如本文之第六則：「傲骨不可無，傲心不可有。」告誡為人應自尊自重，但不可因此驕傲自滿、輕視他人，張潮以簡短的語錄教導做人的原則與是非標準，極富參考借鑑之意義。

除此之外，翻開《幽夢影》，隨處可見山水雲雨、風花雪月、鳥獸蟲魚、香草美人、琴棋書畫、園林建築、讀書著書、談禪交遊、飲酒賞玩等字眼，晚明社會重品味，講美食，嗜茶酒，樂山水，反應了一種新興的社會時尚，表現了作者的嗜好趨向，如遊山水，張潮云：「無名山則已，有則必當遊」；如談花月美人：「所謂美人者，以花為貌，以鳥為聲，以月為神，以柳為態，以玉為骨，以冰雪為膚，以秋水為姿，以詩詞為心，吾無間然矣」，處處可見作者對生活品味的追求。

請沿虛線剪下

學習單

班級：＿＿＿＿ 學號：＿＿＿＿ 姓名：＿＿＿＿

問：

一、格言語錄體之所以風行，其因在於易誦易記、發人深省，請舉出你所喜愛的古今名人格言二則分享。

二、張潮云：「律己宜帶秋氣，處世宜帶春氣。」，請根據你的體驗分享你的待人接物之道。

答：

請沿虛線剪下

〈綠〉

朱自清

題解

本文節錄自〈溫州的蹤跡〉，作者於民國十三年七月，發表於上海亞東圖書館所出版《我們的七月》。後收入作者於同年十二月刊行的《蹤跡》一書。〈綠〉是「白話文運動」中，早期的記敘性游記散文。民國十一年，作者發表散文詩〈匆匆〉。郁達夫在〈現代散文導論〉說：「文學研究會的散文作家中，除冰心女士之外，文章之美要算他（朱自清）了」。

記述瀑布的游記，多半會從水勢山形入手，宋朝永嘉派詩人陳博良〈梅雨潭〉詩，就有「怒號懸瀑從天下」的句子。但是作者另闢蹊徑，寧可說「我的心中已沒有瀑布了」，也要帶領讀者去領略親近，梅雨潭顏色的絕美。作者不藉古今中外的名川盛澤，只用了一個「綠」字，把個不見經傳的仙岩梅雨潭，合情合理地與「北京什剎海的綠楊」、「杭州虎跑寺的綠壁」、「西湖」、「秦淮河」來等量齊觀。作者細膩的觀察力，文學以小作大的張力，以及精準美妙的文字表達力，同時架構了〈綠〉與「梅雨潭」，在現代散文中令人驚豔的地位。

作者

朱自清（一八九八—一九四八年），原名自華。後取《楚辭．卜居》：「寧廉潔正直以自清乎」之意，改名自清。因為個性謙和迂緩，為了警惕自己，乃取《韓非子．觀行》：「董安于之心緩，故佩弦以自急（弓弦緊绷，以提醒處事積極）」，故字佩弦。祖籍浙江紹興，清光緒二十四年（西元一八九八年），生於江蘇江都縣，民國九年，北京大學文科哲學門畢業。民國十一年，與俞平伯、葉聖陶一起創辦中國第一份新詩月刊《詩》。民國十三年，經夏丏尊推介，任教杭州春暉中學，除夏丏尊之外，與同校任教之豐子愷、朱光潛等人相知相惜。歷任杭州、楊州、台州、溫州各省立中學、師範學校，國文科教員。民國十四年，因俞平伯推薦，轉任教於北京清華大學中文系，對日抗戰期間任教於西南聯大，後復職清華，至民國三十七年，以胃病逝於北京。

作者的主要作品有《蹤跡》、《背影》、《歐遊雜記》。他除了是新文學運動中的散文名家，同時也致力於推廣古典文學教育，其論著如《經典常談》、《詩言志辨》、《精讀指導舉隅》、《略讀指導舉隅》，並且用白話文作《古詩十九首釋》，可以看出他作學問，著力於提升普羅大眾的文學素養，不求艱深晦澀。他認為散文是中國文學的重要文體，不同於西方文學以小說和詩為主。所以新文學運動朝向散文的發展，只是「順勢而為」。他的散文作品文風清靈澹遠，楊振聲《朱自清先生與現代散文》中說：「風華從樸素出來，幽默從忠厚出來，腴厚從平淡出來」。其〈背影〉、〈荷塘月色〉、〈匆匆〉、〈春〉、〈溫州的蹤跡〉、〈槳聲燈影裏的秦淮河〉等篇，皆為現代散文的重要作品。

本文

我第二次到仙岩❶的時候，我驚詫於梅雨潭的綠了。

梅雨潭是一個瀑布潭。仙岩有三個瀑布[2]，梅雨瀑最低。走到山邊，便聽見花花花花[3]的聲音。抬起頭，鑲[4]在兩條濕濕的黑邊兒裏的一帶[5]白而發亮的水便呈現於眼前了。我們先到梅雨亭。梅雨亭正對著那條瀑布；坐在亭邊，不必仰頭，便可見它的全體了。亭下深深的便是梅雨潭。這個亭踞[6]在突出的一角的岩石上，上下都空空兒的；彷彿一隻蒼鷹展著翼翅浮在天宇[7]中一般。三面都是山，像半個環兒擁著；人如在井底了。這是一個秋季的薄蔭[8]的天氣。微微的雲在我們頂上流著；岩面與草叢都從潤濕中透出幾分油油[9]的綠意。而瀑布也似乎分外[10]的響了。那瀑布從上面沖下，彷彿已被扯成大小的幾綹[11]；不復是一幅整齊而平滑的布。岩上有許多稜角[12]；瀑流經過時，作急劇的撞擊，便飛花碎玉般亂濺著了。那濺著的水花。晶瑩而多芒[13]；遠望去，像一朵朵小小的白梅。微雨似的紛紛[14]落著。據說，這就是梅雨潭之所以得名了。但我覺得像楊花[15]，格外確切些。輕風起來時，點點隨風飄散，那更是楊花了。這時偶然有幾點送入我們溫暖的懷裏，便倏[16]的鑽了進去，再也尋它不著。

梅雨潭閃閃的綠色招引著我們；我們開始追捉她那離合的神光[17]了。揪[18]著草，攀著亂石，小心探身下去，又鞠躬過了一個石穹門[19]，便到了汪汪[20]一碧[21]的潭邊了。瀑布在襟袖之間[22]；但我的心中已沒有瀑布了。我的心隨潭水的綠而搖蕩。那醉人的綠呀！仿佛一張極大極大的荷葉鋪著，滿是奇異的綠呀。我想張開兩臂抱住她；但這是怎樣一個妄想呀。站在水邊，望到那面，居然覺著有些遠呢！這平鋪著，厚積著的綠，著實可愛。她鬆鬆的皺纈[23]著，像少婦拖著的裙幅[24]；她輕輕的擺弄著，像跳動的初戀的處女的心；她滑滑的明亮著，像塗了「明油」[25]一般，有雞蛋清[26]那樣軟，那樣嫩，令人想著所曾觸過的最嫩的皮膚；她又不雜些兒塵滓[27]，宛如一塊溫潤的碧玉，只清清的一色——但你卻看不透她！我曾見過北京什剎海[28]拂地[29]的綠楊，脫不了鵝黃[30]的底子，似乎太淡了。我又曾見過杭州虎跑寺[31]近旁高峻[32]而深密的「綠壁」[33]，叢疊著無窮的碧草与綠葉的，那又似乎太濃了。其餘呢，西湖[34]的波太明了，秦淮河[35]的也太暗了。可愛的，我將什麼來比擬你呢？我怎麼比擬得出呢？大約潭是很深的，故能蘊蓄[36]著這樣奇異的綠；仿佛蔚藍[37]的天融了一塊在裏面似的，這才這般的鮮潤呀。——那醉人的綠呀！我若能裁[38]你以爲帶，我將贈給那輕盈[39]的舞女；她必能臨風飄舉[40]了。我若能挹[41]你以爲眼，我將贈給那善歌的盲妹[42]；她必明眸善睞[43]了。我捨不得你；我怎捨得你呢？我用手拍著你，撫摩[44]著你，如同一個十二三歲的小姑娘。我又掬[45]你入口，便是吻著她了。我送你一個名字，我從此叫你「女兒綠」，好麼？

我第二次到仙岩的時候，我不禁驚詫於梅雨潭的綠了。

二月八日，溫州作。

注釋

❶仙岩：山名，今浙江省瑞安縣東。

❷三個瀑布：分別為「龍鬚瀑」、「雷瀑」與「梅雨瀑」。

❸花花花花：形容瀑布下瀉，衝擊激盪的聲音。

❹鑲：把東西嵌入、配製在另一物體的中間或邊緣。

❺一帶：像一條帶子一般。

❻踞：坐落占據。

❼天宇：天空。

❽薄陰：日為薄雲所蔽。

❾油油：草木有光澤的樣子。《史記》卷三十八〈宋微子世家〉：「麥秀漸漸兮，禾黍油油」。

❿分外：特別、格外、額外。

⓫綹：音ㄌㄧㄡˇ，原為絲縷編成的線，此處作為量詞，指計算絲、線、髮、鬚等的單位。絲線編成一束叫作「一綹」。

⓬稜角：物體邊緣的接角。

⓭晶瑩而多芒：「芒」本是指穀實上的細毛，此處指許多被濺起的微細水花，被光線折射照耀，明亮刺目。

⓮紛紛：多而雜亂的樣子。

⓯楊花：即柳絮。

⓰倏：音ㄕㄨˋ，急速。《說文解字》「倏」字，段玉裁注：「倏，引伸為凡忽然之詞。」

⓱離合的神光：忽聚忽散，神奇美妙的景緻風光。

⓲揪：音ㄐㄧㄡ，扭扯、抓住。

⓳石穹門：「穹」，音ㄑㄩㄥ，又音ㄑㄩㄥˊ，指中間隆

起四邊下垂的樣子。石穹門，指的是石縫裂成的石拱門。

⑳汪汪：深廣的樣子。

㉑碧：青綠色的。

㉒襟袖之間：指很短的距離。「襟」，是衣服胸前釘紐扣的地方。

㉓皺纈：即摺疊。「纈」，音ㄒㄧㄝˊ，有花紋的絲織品。

㉔裙幅：裙子的邊緣。

㉕明油：又稱亮油，塗在物體上，可以使表面光滑明亮。

㉖雞蛋清：即蛋白。

㉗塵滓：塵土渣滓。「滓」，音ㄗˇ，物品萃取出水分或精華之後，所剩下的東西。

㉘什剎海：建於明朝萬曆年間，位於北京城區中軸線的西北部。分為前海、後海和西海，水面達三十三點六公頃。

㉙拂地：垂拂到地面。

㉚鵝黃：嬌嫩的淡黃色。

㉛虎跑寺：位於杭州大慈山上。唐朝元和年中，僧人釋性空居此，苦無水。忽然夢見仙人指點，「南岳有童子泉，當遣二虎移來」。次日果然有二虎「跑地作穴」，湧出泉水，名為「虎跑泉」。「龍井茶葉虎跑水」，被譽為「西湖雙絕」。「虎跑寺」本名「大定慧寺」，建於唐元和十四年（西元八一九年）。民國七年，弘一大師李叔同，於「虎跑寺」剃度出家。

㉜高峻：山高而陡。

㉝綠壁：長滿綠色植物的山壁。

㉞西湖：位於杭州城西面故名，古「明聖湖」。唐朝大曆年中，杭州刺史李泌，引水灌之。湖岸周長十五公里，面積約五點六平方公里，三面環山，層巒疊嶂。又名「錢塘湖」，宋朝蘇東坡有「欲把西湖比西子，淡妝濃抹總相宜」（〈飲湖上初晴后雨二首（其二）〉）的詩句，又名「西子湖」。

㉟秦淮河：位於南京城南，本名「藏龍浦」，又稱「淮水」，相傳為秦始皇所開鑿，故名「秦淮」。全長一百一十公里。至南京通濟門外，分為兩段，一段為南京城東、南、西三面的護城河，稱為「外秦淮」。另一段由東水關，進入南京城，至西水關出城，長約十里，稱為「內秦淮」，此即「六朝金粉，十里秦淮」之所在。其間歌樓舞榭，小橋畫舫，歷代辭人騷客，川流不息。唐朝詩人杜牧，有「煙籠寒水月籠沙，夜泊秦淮近酒家。商女不知亡

國恨，隔江猶唱後庭花」（〈泊秦淮〉）詩句，廣為傳唱。

㊱蘊蓄：積藏於內，未顯露出來，指包容含蓄。

㊲蔚藍：深藍色。

㊳裁：用刀剪等，把紙或布割裂、剪開。《說文解字》：「裁，制衣也」。

㊴輕盈：形容體態纖秀，動作輕快。

㊵臨風飄舉：「臨」即迎也。臨風飄舉指迎著風而飄動飛揚。

㊶挹：音ㄧˋ，舀取。

㊷盲妹：過去有盲人賣唱之社會常態。「盲妹」，即盲眼賣唱的姑娘。

㊸明眸善睞：「睞」，音ㄌㄞˋ，視也。形容女性的目光明亮，流轉動人。三國．魏．曹植〈洛神賦〉：「明眸善睞，靨輔承權（顴骨下的酒渦）」。

㊹撫摩：用手摩娑。

㊺掬：用兩手捧取。

賞析

作者創作本文時，任教於溫州第十中學。第一段只有兩句話，作者第一次來仙岩的時後，錯過了梅雨潭的美景。但是作者又精確地表示，這一個讓他文思泉湧的景緻，並不是瀑布。既然以梅雨瀑為名，作者又不把瀑布作為標的，反而點出本文的主題「綠」，並且用「驚詫」的字眼，在驚奇、迷惑以及喜悅的情感中，讓主角出場。簡單的破題，卻讓讀者充滿想像的餘緒，想要跟著朱自清一探究竟。

在這個令人期待的時候，朱自清筆鋒一轉，又不寫「綠」了。第二段由遠及近，先把主角所處在的舞臺，作工筆精細的寫生。作者運用文字構圖，寥寥數筆，勾勒出瀑布、潭水、亭台、山峰的相對位置和高低遠近，然後再把人擺進去畫裡面，「三面都是山，像半個環兒擁著；人如在井底了」。如果說這是散文的繪畫美，那麼再配合上「花花花花」的水聲，舞臺上「秋季的薄蔭」的聲光氛圍，讀者不僅僅是置身於畫裡，簡直如同是，被想像力吸進大自然的舞臺裡，如此的清晰貼切，淪肌浹髓。一直到現在，我們的主角還是「猶抱琵琶半遮面」，只能在「岩面與草叢都從潤濕中透出幾分油油的綠意」驚鴻一瞥。在這樣瀑布，經年衝激飛濺的山谷潭淼，不必作者談青說綠，讀者的心裡面，也一定是苔痕上石，蕨齒囓壁，滿目蔥翠，山凝翠黛的景象了。這「飛花碎玉」的水芒，當地人說是像極了梅雨紛紛飄落的景緻，所以稱作「梅雨潭」。但是作者另闢蹊徑，把它們說是紛紛楊起的柳絮。有如《世說新語．言語．喻雪》論雪景說：「灑鹽空中差可擬」和「未若柳絮因風起」。這一段在修辭上，作者運用動詞，精準貼切，值得喝采。例如「鑲」特別能凸出瀑布的形像；「踞」把亭子寫活了；「浮」突顯了亭子臨虛御風的樣子。餘如「沖、撞、濺」，甚至於用「鑽」字來寫水滴，都是運用動詞，把畫面催活的好例子。

瀑布、亭臺、山峰都只是這一幕舞臺的配角。主角在「招引」和「追捉」之後，才顯現出「汪汪一碧」的綠精靈。主角出現之後，眾配角謝幕退位，「瀑布在襟袖之間；但我的心中已沒有瀑布了」。朱自清立即被這樣的景象鎮攝了，在詩人豐富的奇想之中，綠精靈先是化身為「仿一張極大極大的荷葉」，而且是「滿是奇異的綠呀」。荷葉在實象，色澤都能充分滿足詩人對綠精靈的想像，而且「荷」在文學上清雅的意境，確能吻合詩人的心情。但是這還不夠，再接著重重濃濃地連續塗抹，「平舖、厚積、鬆鬆、皺纈」，作者急著要表達心中厚實的感覺。如果讀者還不能明白，朱自清借更多名詞來作比喻，「少婦拖著的裙幅」、「跳動的初戀的處女的心」、「雞蛋清那樣軟，那樣嫩」、「最嫩的皮膚」、「溫潤的碧玉」這樣一下子排比而出，氣勢酣暢。讓人不能不懂，卻又只是那麼懵懵懂懂的明白。也許正是那種懵懂，才是綠精靈的真味道呢！那麼，作者豈不是把心裡的驚奇、迷惑及喜悅，也如實地複製到讀者心裡面了。這樣特殊的感動，要與怎麼樣的名川勝蹟來作比較呢？作者舉例說即使像「北京什剎海的綠楊」、「杭州虎跑寺的綠壁」、「西湖」、「秦淮河」那樣的勝水，也還有「太淡、太濃、太明、太暗」的遺憾，都不如梅雨潭綠精靈，那樣的濃淡適當，明暗合度。接下來，作者再分成三小節來落實他的感受。先是把綠精靈「裁你以為帶」，「挹你以為眼」，這個時候，還是用擬物來寫的，到了第三小節，「我用手拍著你，撫摩著你，如同一個十二三歲的小姑娘」，直接把風景擬人化了。朱自清的祖籍浙江紹興，傳說當地人在女兒出生時，把紹興酒埋在地底，等到女兒及笄出嫁的時後，再把陳年紹興酒起出宴客，稱為「女兒紅」。在這兒作者把這綠擬成「女兒綠」。如以古禮十五歲及笄，再對照「如同一個十二三歲的小姑娘」來看，這「女兒綠」成了大自然要嫁女兒的佳釀了。運用「女兒綠」來作為本段結語，讓全文顯的才思綿艮，情韻無窮。

最後一段，用來呼應第一段，只有多了「不禁」兩字。經過作者對綠精靈的鋪陳描述之後，「不禁」兩字，彷彿發乎自然，脫口而出，兼顧首尾，合乎情理。

請沿虛線剪下

學習單

班級：＿＿＿＿ 學號：＿＿＿＿ 姓名：＿＿＿＿

問：

一、朱自清在散文〈綠〉之中，運用許多疊字，如花花、溼溼、空空、油油、朵朵、小小、點點、閃閃、汪汪、鬆鬆、輕輕、滑滑、清清。試說明疊字的音韻美？

二、余光中批評朱自清說：「朱氏的田園意象大半是女性的，軟性的」，試說明田園與擬女性描寫，為何曾是許多文人常用的文學技巧？

三、在英美文學之中，小說、詩與戲劇是主要的作品。魯迅在其〈小品文的危機〉中卻說「到五四運動的時候……散文小品的成功，幾乎在小說、戲曲和詩歌之上」，為什麼？

答：

請沿虛線剪下

〈前進〉

賴和

題解

本文選自林瑞明主編，前衛版《賴和全集．新詩散文卷》。原文於一九二八年五月七日，作者發表於《臺灣大眾時報》❶創刊號。

一九一四年起，因為國際上諸多重大事件❷的鼓舞，有利於臺灣人民從事政治、社會以及文化運動，對抗日本殖民政權❸。在政治方面，從「六三法撤廢運動❹」轉變成「臺灣議會設置請願運動❺」；在文化上，臺灣新文學運動，從提出理論❻，發表作品❼，甚至到一九三〇年，發展成為「第一次鄉土文學論戰❽」。在民權與殖民權對話之中，弱勢者透過集會結社，凝聚民氣力量。成立於一九二〇年的「臺灣文化協會❾」，肇建初始，就兼容左、右翼❿的政治思潮。一九二三年的「治警事件⓫」中，作者被捕入獄。一九二七年，「臺灣文化協會」分裂⓬。作者認為，面對強大的敵人，團結比路線爭議更重要。作者雖然情感上傾向左翼「新文協」⓭，但同時也是右翼「臺灣民眾黨」的幹事，顯示作者能夠跳脫朋黨結派的囿見，不以意識型態來黨同伐異，兄弟鬩牆⓮。反而能以臺灣前途，作為雙方最大的公約數，奮鬥不懈，勇猛前進。本文也可以看成是「臺灣文化協會」的散文史詩。

作者

賴和，本名葵河，又名河，曾經使用筆名懶雲、甫三、安都生、走街先、灰……等，彰化當地人，稱他為「和仔仙」、「彰化媽祖」。作者生前即備受同時代文人尊敬推崇，王詩琅在〈賴懶雲論〉稱賴和是「培育臺灣新文學的父親或母親」，有「臺灣新文學之父」與「臺灣魯迅」之美譽。一八九四年四月，生於彰化街市仔尾。一九四三年元月逝世。其一生恰好落入日本對臺灣殖民的統治期（一八九五年至一九四五年）。

十歲被家人送入「書房」學習漢文，並進入彰化第一公學校接受日式教育。十四歲拜師黃倬其，入彰化小逸堂習漢文，十六歲考入臺灣總督府醫學校第十三期，二十一歲畢業（一九一四年）。先於嘉義醫院擔任筆生（抄寫員）和通譯（翻譯）的工作，一九一七年，返回彰化開設賴和醫院。一九一八年二月曾經以醫員身分，任職於廈門博愛醫院，一九一九年七月歸臺，其後根壤鄉里，於彰化行醫以迄逝世。

作者曾受過漢學教育，長於漢詩。懸壺濟世期間，曾經詩云：「但願世間無疾病，不愁餓死老醫生」（〈王戌元旦試筆〉），他的仁心仁術，借用小說〈富戶人的歷史〉對白來說：「無錢提無藥，這句話我真的講不出嘴」。作者的文學作品，富含悲天憫人的人道主義精神，一輩子以對抗日本殖民政府為職志，曾自嘆「我生不幸為俘囚，豈關種族他人優」（〈飲酒〉）。終其一生，投入臺灣人民對抗日本殖民政權的政治、社會、文化運動，先後入獄兩次。

作者接受來自「書房」的漢文教育、可能參加過國語正音訓練、短暫的廈門經驗，以及大量閱讀中國新文學運動的刊物（如《新青年》、《語絲》），在萬般艱難之中，開展新文學運動。「每寫一篇作品，他總是先用文言文寫好，然後按照文言文稿，改寫成白話文。再改寫成接近臺灣話的文章」（王詩琅〈賴懶雲論〉）。一個在日治時代，總督府醫學校的畢業生（臺灣人最高等教育），成為一個作家，卻終生沒有發表過一篇日文作品；文章自註年月，一律以西元紀年，不以日本紀年。對抗殖民政權，「不奉正朔」的態度堅定明確。主要作品為漢詩，以及新文學作品，其中有小說〈鬪鬧熱〉、〈一桿稱子〉、〈善訟人的故事〉；散文〈無題〉、〈前進〉；新詩〈南國哀歌〉……等。一九七九年，李南衡先生曾自費出版《賴和全集》。二〇〇〇年，經賴和文教基金會企劃，林瑞明先生主編有《賴和全集》五卷行世。

本文

在一個晚上，是黑暗的晚上，暗黑的氣氛，濃濃密密把空間充塞著，不讓星星的光明，漏射到地上；那黑暗雖在幾百層的地底，也是⑮經驗不到，是未曾有過駭人⑯的黑暗。

在這被黑暗所充塞⑰的地上，有倆個被時代母親所遺棄的孩童。他倆的來歷有些不明，不曉得是追慕不返母親的慈愛，自己走出家來，也是不受後母教訓，被逐⑱的前人⑲之子。

他倆不知立的什麼地方，也不知什麼是方向，不知立的地面是否穩固，也不知立的四周是否危險，因爲一片暗黑，眼睛已失了作用。

他倆已經忘卻了一切，心裡不懷抱驚恐，也不希求慰安⑳；只有一種的直覺[21]支配著他們，——前進！

他倆感到有一種，不許他們永久立存同一位置的勢力。他倆便也攜著手，堅固地信賴、互相提攜[22]；由本能[23]的衝動，向面的所向，那不知去處的前途，移動自己的腳步。前進！盲目地前進！無目的地前進！自然忘記他們行程的遠近，只是前進，互相信賴，互相提攜，爲著前進而前進。

他倆沒有尋求光明之路的意識，也沒有走到自由之路的慾望，只是望面的所向而行。礙步的石頭，刺腳的荊棘，陷人的泥澤，溺人的水窪[24]，所有一切前進的阻礙和危險，在這黑暗統治之下，一切被黑暗所同化[25]；他倆也就不感到阻礙的艱難，不懷著危險的恐懼，相忘於黑暗之中，前進！行行前進，遂亦不受到阻礙，不遇著危險，前進！向著面前不知終極的路上，不停地前進。

在他倆自始就無有要遵著「人類曾經行過之跡」的念頭。在這黑暗之中，竟也沒有行不前進的事，雖遇有些顛蹶[26]，也不能擋止他倆的前進。前進[27]！忘了一切危險而前進。

在這樣黑暗之下，所有一切，盡攝伏[28]在死一般的寂滅[29]裡，只有風先生的慇懃[30]，雨太太的好意，特別爲他倆合奏著進行曲[31]；只有這樂聲在這黑暗中歌唱著，要以慰安他倆途中的寂寞，慰勞他倆長行的疲憊。當樂聲低緩幽抑的時，宛然行於清麗的山徑，聽到泉聲和松籟[32]的奏彈；到激昂緊張起來，又恍惚[33]坐在卸帆的舟中，任被狂濤怒波所顛簸[34]，是一曲極盡悲壯的進行曲，他倆雖沁漫[35]在這樣樂聲之中，卻不能稍超興奮，併也不見陶醉，依然步伐整齊地前進，互相提攜走向前去。

不知行有多少時刻，經過幾許途程，忽從風雨合奏的進行曲中，分辨出浩蕩的溪聲。澎澎湃湃如幾千萬顆殞石由空中瀉下。這澎湃聲中，不知流失多少人類所托命[36]的田畑[37]，不知喪葬幾許爲人類服務的黑骨頭[38]；但是在黑暗裡，水面的夜光菌[39]也放射不出光明來，溪的廣闊，不知橫亙[40]到何處。

他倆只有前進的衝動催迫著，忘卻了溪和水，忘卻了一切。他們倆不是「先知」，在這時候眼睛也不能遂[41]其效用。但是他倆竟會自己走到橋上，這在他們自己一點也沒有意識[42]到，只當是前進中一程必經之路，他倆本無分別所行，是道路或非道路，是陸地或溪橋的意志，前進！只有前進，所以也不擔心到，橋梁是否有斷折，橋柱是否有傾斜，不股慄[43]不內怯[44]，泰然[45]前進，互相提攜而前進，終也渡過彼岸。

前進！前進！他倆不想到休息，但是在他們發達未完成的肉體上，自然沒有這樣力量——現在的人類，還是孱弱[46]的可憐，生理的作用在一程度以外，這不能用意志去抵抗去克制。

他倆疲倦了，思想也漸模糊起來，筋骨已不接受腦的命令，體軀支持不住了，便以身體的重力倒下去，雖然他倆猶未忘記了前進，依然向著夢之國的路，繼續他們的行程。這時候風雨也停止進行曲的合奏，黑暗的氣氛愈加濃厚起來，把他倆埋沒在可怕的黑暗之下。

時間的進行，因爲空間的黑暗，似也有稍遲緩，經過了很久，纔見有些白光，已像將到黎明之前。他倆人中的一個，不知是兄哥或小弟，身量[47]雖然較高，筋肉比較的瘦弱，似是受到較多的勞苦的一人，想爲在夢之國的遊行，得了新的刺激，又產生有可供消費的勢力，再回到現實世界，便把眼皮睜開。——因爲久慣於暗黑的眼睛，將要失去明視的效力，驟然受到光的刺激，忽起眩暈，非意識地復閉上了眼皮；一瞬之後，覺到大自然已盡改觀，已經看見圓圓的地平線，也分得出處處瀦留[48]的水光，也看得見濃墨一樣高低的樹林，尤其使他喜極而起舞的，是爲隱約地認出前進的路痕。

他不自禁地踴躍地走向前去，忘記他的伴侶，走過了一段里程，想因爲腳有些疲軟，也因爲地面的崎嶇，忽然地顚蹶，險些兒跌倒。此刻，他纔感覺到自己是在孤獨地前進，失了以前互相扶倚的伴侶，忽惶[49]回顧，看見映在地上自己的影，以爲是他的同伴跟在後頭，他就發出歡喜的呼喊，趕快！光明已在前頭，跟來！趕快！

這幾聲呼喊，揭破死一般的重幕，音響的餘波，放射到地平線以外，掀動了靜止暗黑的氣氛，風雨又調和著節奏，奏起悲壯的進行曲。他的伴侶，猶在戀著夢之國的快樂，獨讓他自己[50]一個，行向不知終極的道上。暗黑的氣氛，被風的歌唱所鼓勵，又復濃濃密密屯集[51]起來，眩眼[52]一縷[53]的光明，漸被遮蔽，空間又再恢復到前一樣的暗黑，而且有漸次濃厚的預示。

失了伴侶的他，孤獨地在黑暗中繼續著前進。

前進！向著那不知到著處[54]的道上。……

注釋

❶ 一九二七年，「臺灣文化協會」左、右翼分裂。左翼「新文協」，失去原來臺灣文化協會發行的〈臺灣民報〉，另於一九二八年籌辦〈臺灣大眾時報〉。〈臺灣民報〉原為於一九一七年，由「新民

會」（林獻堂任會長）於東京所創立之《臺灣青年》月刊，一九二二年，更名為《臺灣》月刊。鑑於「月刊」時效性不足，「臺灣文化協會」一九二一年成立之後，由該協會另發行〈臺灣民報〉半月刊。一九二七年，「臺灣文化協會」分裂，〈臺灣民報〉由右翼「臺灣民眾黨」接手。一九二九年，〈臺灣民報〉向民間公開募資，另成立〈臺灣新民報〉，一九三二年，〈臺灣新民報〉獲准以日刊發行，〈臺灣民報〉遂併入〈臺灣新民報〉。

❷ 在政治上，先有日本大正民主思潮；一次世界大戰後，美國總統威爾遜提出「十四點民族自決原則」；中國五四運動；蘇聯社會主義革命；朝鮮三一獨立運動等諸多國際情勢的影響。加上臺灣留學生對於被殖民，在意識上的覺悟，逐步將世界思潮引介進入臺灣，將臺灣的被殖民現況，匯入「民族自決」的世界觀之中，從而逼使殖民權與民權展開對話、對於權力爭取、權力確保、甚至主權論述、民族自決，種種思潮推動，都逐漸鬆動強權統治的勢力。

❸ 一八九五年，清廷甲午戰敗，割讓臺灣給日本。繼被荷蘭殖民之後，臺灣不只是日本的第一個殖民地，同時也是殖民主義興起以後，第一個被「非」歐、美列強所宰制的殖民地。臺灣百姓對抗日本強權殖民的歷史，可以分成幾個階段。從一八九五年「臺灣民主國」，到一九一五年「噍吧哖事件」（由余清芳、江定、羅俊所倡謀，又稱玉井事件、西來庵事件），是「武裝對抗時期」，據連溫卿統計，其二十年之間，共有二十三次變亂。「噍吧哖事件」之後，以武力對抗殖民政府的行動，遂告終結。從一九一四年的「臺灣同化會」，到一九三七年，日本軍國主義興起之前，是政治、社會以及文化運動時期。一九三七年以後，一直到二次世界大戰，日本戰敗之前，殖民政府以軍國主義枷之，臺灣百姓並無激烈的對抗能力。

❹ 六三法撤廢運動：一八九六年三月三十日，日本政府以法律第六十三號，公佈「關於施行臺灣之法由」，授予臺灣總督得以發佈律令，處置臺灣一切事務之權力，規定臺灣人民，並不適用日本內地的法律原則，並以「民族差異歧視」，和嚴格的警察制度，進行高壓統治，史稱「六三法」（一九〇七年三月另通過「三一法」補充修正）。臺灣總督集軍政、立法、司法於一身，大違三權分立的原則。一九一八年，林獻堂在東京組織「啓發會」，成立

「六三法撤廢期成同盟」。該同盟於一九一九年，無疾而終。

❺臺灣議會設置請願運動：由於「六三法撤廢運動」主張日本政府必須將國內法適用於臺灣，等於承認「內地延長主義」，把臺灣人民等同於日本人，違背臺灣人民情感，與地位特殊性，故「六三法撤廢運動」，無法得到臺灣人民的支持。「臺灣議會設置請願運動」，於一九二〇年底展開，向日本帝國議會請願，爭取設立臺灣議會，以符合本地須求。該運動歷時十四年，請願十五次。起初於一九二〇年由蔡惠如、林獻堂，所組成的「新民會」率先提出，後改由「臺灣文化協會」接手鼓吹推動。為了綱舉目張，接著於一九二三年，由石煥長、蔣渭水……等人，組成「臺灣議會期成同盟」，賴和並為發起之四十一名會員之一，該同盟於同年「治警事件」之後被迫解散。一九二七年「臺灣文化協會」分裂，由「臺灣民眾黨」踵繼請願。一九三一年「臺灣民眾黨」被勒令解散，蔣渭水過世，遂後繼無人。日本軍國主義逐漸抬頭以後，更不存在抗議請願的空間，遂於一九三四年，提出第十五次請願後終止。該運動雖然沒有成功，卻是日據時代中後期，臺灣人民最重要的政治運動，使得臺灣人民，對於現代政治理論，有一個學習、觀摩、辯論、訓練的展演舞台。也是臺灣人民不滿殖民統治，民族情緒渲洩的出口。

❻一九二〇年七月，陳瑞明在「臺灣青年」發表〈日用文鼓吹論〉，主張學習中國「多用白話文學」；一九二二年，黃呈聰發表〈論普及白話文的新使命〉、黃朝琴發表〈漢文改革論〉，倡言以白話文代替文言文。受到中國新文學運動薰陶的張我軍（台北縣板橋人，主要作品多在北京就學期間發表，一九二九年，在北京師範大學畢業，），一九二四年四月，於〈臺灣民報〉二卷七號上，發表〈致臺灣青年的一封信〉，他批評「諸君怎麼不讀些有用的書來實際應用於社會，每日只知道作些似是而非的詩，來作詩韻合解的奴隸，或講什麼八股文章，替先人保存臭味」，諸如此類文論，引起臺灣漢學文人的反彈，張我軍遂在報章期刊中反覆申辯（例如〈糟糕的臺灣文學界〉、〈請合力拆下這座敗草欉中的破舊殿堂〉），促成臺灣新文學運動的開展。一九二五年八月，張我軍在〈臺灣民報〉第六十七號，發表〈新文學運動的意義〉，揭櫫兩大目標，一為「白話文學的建設」；二為「臺灣語言的改造」。前者為潮流所趨，舊漢學日漸勢

微。後者牽涉到語言相對於文字的問題，至今仍然治絲益棼，如果白話文運動就是要「我手寫我口」，臺灣語文有許多口語用辭，有音無字，倒底要「屈文就口」或是「屈口就文」？一直到今日，「臺灣文學」如何界定？都還是爭議不休的話題。甚至有人主張只有「中國文學在臺灣」，沒有「臺灣文學」。再加上統、獨紛爭涉入，益使得單純的文學討論，更難以透過理性對話，達成共識。

❼雖然張我軍提出臺灣新文學運動的理論，但是張我軍的文學作品如《亂都之戀》（詩集，一九二五年結集發表），基本上還是以白話文作文體，所創作的白話文學。對於未曾受過「國語正音」訓練的臺灣人民，難以親近理解，白話文的創作，要通行於臺灣，也相悖於「我手寫我口」的原則。適時推出「臺灣話文」作品，「打下第一鋤，撒下第一粒種子」的人，就是賴和。在喧嚷吵雜的文學論戰中，賴和並不熱衷新文學體裁的辯論，卻直接以新文學作品，開創了新文學運動的潮流。一九二一年到一九二三年之間，賴和先後寫下白話文祝賀詞〈祝南社十五週年〉及三首白話詩。一九二五年八月，賴和在〈臺灣民報〉第六十七號，發表第一篇散文〈無題〉，正式以作品揭開臺灣新文學運動的序幕。一九二五年之後，透過〈臺灣民報〉為舞台，臺灣新文學運動的作品，陸續推出。在小說方面，有賴和的〈鬪熱鬧〉、〈一桿稱子〉；楊雲萍的〈光臨〉、〈弟兄〉、〈黃昏的蔗園〉、〈加里飯〉；張我軍的〈買彩票〉、〈白太太的哀史〉等。

❽第一次鄉土文學論戰：透過新文學運動的展演，開始有作家要為「臺灣文學」定位。以賴和來說，他的新文學仍然只能用白話文為基調，避開臺灣語有音無字的困擾，並適時地加入俚俗口語，利用部分臺灣語言，創造文學氛圍的特殊性。這一種作法，一直到後來鄉土文學的作家，例如葉石濤、黃春明、楊青矗、李喬都還是如此。但是不能做到語、文一致化，總是覺得美中不足。一九三〇年黃石輝發表「怎樣不提倡臺灣文學」，認為要用臺灣話作文、作詩、作小說、作歌曲，而且要「描寫臺灣事物」。次年郭秋生在〈臺灣新聞〉上發表〈建設臺灣話文提案〉，主張寧可「屈文就話」，以表音為主，引起「臺灣話文論戰」，亦即「第一次鄉土文學論戰」。主張「臺灣話文」派，雖然略佔上風，但是文字問題仍然不易解決。賴和在一九三二年二月，發表〈臺灣話文的新字問題〉，並不反對造新

字，「總要在既成文字裏尋不出音、意兩可以通用的時，不得已才創來用」。賴和並身體力行，於一九三五年發表小說〈一個同志的批信〉，大量使用更口語的臺灣話進入文學作品，例如「創啥貨」（幹什麼）、「永過」（從前）、「荷老」（誇獎）、「細膩」（小心、客氣）、「粒積」（積蓄）、「故謙」（謙虛）……等，但是讀者普遍反映「不好懂」。這也是賴和最後一篇新文學作品，一直到過世（一九四三年），賴和轉向寫田園歌謠、漢詩和竹枝詞。或許賴和同意筆口合一的文學形式，但是一直找不到適當的文學介面，文字作為溝通讀者和作者之間的媒體，沒有一致的標準，很難引起認同，更遑論文學共鳴。所以賴和停止新文學創作。之後皇民化高漲，一九三七年七月，日本政府禁用漢文，新文學運動嘎然而止。

❾臺灣文化協會於一九二一年，十月十七日在臺北靜修女中正式成立。以林獻堂為總理，蔣渭水任專務理事，賴和亦經蔣渭水之推薦，林獻堂以總理之名義，指定為四十一名理事之一。該會成為臺灣思潮、知識的供應機關，以文化啟蒙為職志，先後設立讀報社、舉辦文化講演、發行會報（〈臺灣民報〉）、放映電影、舉辦新劇、開設文化書局，並且以都市為中心，次第擴展到鄉村，風起雲湧，人文匯萃，一時之間，該會不僅僅作為文化的引領者、傳播者，又儼然成為對抗殖民政權的發號中心。該會成立之時，在蔣渭水、連溫卿、謝文達推動之下，同時存在左翼思潮的「馬克思研究會」。一九二三年，在廣州的中國國民黨，亦採取「聯俄容共」的政策，對於臺灣的左翼分子，也有鼓舞作用。

❿法國大革命時的國民議會中，激進或革命的代表，聚在議場左邊，因通稱激進分子為「左派」。今則通指對現存社會經濟及政治秩序的看法，採行激進變革的某些團體或個人，亦稱為「左翼」。就當時臺灣環境而言，左翼人士，大多主張社會主義，階級鬥爭，以連溫卿、王敏川為代表，極左派例如在一九二八年，由謝雪紅等人成立的「臺灣共產黨」。在政治、經濟、社會改革等方面，主張維持現狀，反對作激烈變革，稱為「右派」，亦稱為「保守派」、「右翼」。當時的右翼人士，主張民本思想，爭取臺灣人民的民權，維持臺灣人民的特殊性，部分人建議承認日本統治，爭取實行地方自治，以林獻堂、蔡培火為代表。但是在左、右之間，界限並無法截然劃分，例如蔣渭水雖然熱衷於

社會主義，關心弱勢團體，但是和共產主義、無政府主義之間，尚有落差，蔣渭水同時也主張民主民族運動，反對共產主義。「臺灣文化協會」在一九二七年由左派奪權分裂，成立「新文協」（一九三一年日本政府大肆搜補臺灣共產黨，新文協遂消滅）之後，作為社會主義運動家的蔣渭水，反而與右翼的林獻堂，合組「臺灣民黨」，又為殖民政府所禁，又改組為「臺灣民眾黨」。到了一九三〇年，「臺灣民眾黨」逐漸推展「扶助農工」的政策，造成以林獻堂為首的地主階層出走，另組「臺灣地方自治聯盟」。而「新文協」亦因為「臺灣共產黨」而再分裂。臺灣的反殖民勢力，在一九二七年文化協會分裂之後，又先後分裂成四股力量。本文發表之時，「臺灣民眾黨」尚未分裂。

⓫治警事件：一九二三年十二月十六日，針對「臺灣議會期成同盟」，全島大肆整肅。遭扣押、搜查、傳訊合計九十九人。賴和於該日入獄，一九二四年一月七日，以不起訴處分出獄。治警事件中，蔣渭水及蔡培火被判有期徒刑四個月。

⓬臺灣文化協會分裂：「臺灣文化協會」成立之初，左翼路線由連溫卿、王敏川所領導。部分激進青年，遂有共產主義、無政府主義之主張，並以「無產青年」名義活動。由於右翼人士大多是地主或仕紳，組織鬥爭，不如以「階級意識」作精神武裝的左翼。兩派之間在路線問題（農民與地主）、中國改造問題（中國應進行民主民族主義或共產革命）、議會設置請願問題（繼續請願或進行階級鬥爭），都有不同的立場。加上日本政府適時分化，拉攏右派。一九二六年五月十五、十六兩日，為了「臺灣文化協會」是否要舉行「政治結社」，進行政治活動，在台中霧峯萊園（林獻堂家族產業），召開理事會，因為政治結社問題，部分理事，以文化協會不干涉政治為理由，難以達成協議。賴和參加了本次理事會，並藉小說〈赴會〉提出他敏銳的觀察「一派以社會科學作基礎，主張階級利益為前題；一派以民族意識作根據，力圖團結全民眾為目地」。之後文化協會在新竹召開第六次總會，作出修改會則的決議，卻形成尖銳的對立，分裂已勢不能免。一九二七年一月三日，文化協會在台中召開臨時總會，左翼以連溫卿、王敏川為首，以「無產青年」群眾，藉由議事技巧取得主導權，並修改組織章程。使得以文化運動為號召的臺灣文化協會，一變而為階級運動的鼓手。蔣渭水、蔡培火與舊文協幹部，遂於次日宣布退出，並組「臺灣民黨」，

旋即被禁。又另組「臺灣民眾黨」。是為臺灣文化協會之分裂。

⑬賴和藉由小說〈赴會〉，批判文化協會裏的右派地主，「阿罩霧（霧峯舊名，指林獻堂家族）不是霸咱搶咱家伙（家產）那會這樣大」，「不要講全臺灣的幸福，若只對他們的佃戶，勿在那樣橫逆，也就好了」。林獻堂以其收入的三分之一，長期捐助獎掖臺灣人民自主運動，不遺餘力，功不可沒。霧峯林家的唯一收入就是租穀，在佃農佔絕大多數的社會改革之中，很難不觸及地主與佃農之間，利益分配的問題。地主支持臺灣人民政治、社會運動，和租佃之間是不是存在剝削緊張，沒有必然的關係，這是地主派的兩難性。賴和一生同情弱勢，作出這樣的評論，並不令人意外。〈赴會〉中也說：「有產的知識階級，不過是被時代潮流所激盪起來的，不見的已有十分的覺悟，自然不能積極的鬥爭。只見三不五時開一個講會而已」。可見賴和已經有了「秀才造反，三年不成」的感慨，不能永遠「子孫蜇伏良堪悲，三十年間噤不語」〈讀林子瑾黃虎旗詩〉，而想要有更激進的作為。但是這種奮進，還是落在臺灣人民爭取自主的範疇之內，並不涉及共產革命，階級鬥爭。所以賴和在「新文協」擔任代表員，又在「臺灣民黨」當選臨時委員，後來隸籍「臺灣民眾黨」。在當時互相攻訐，壁壘分明的兩方，賴和在〈臺灣大眾時報〉與〈臺灣新民報〉皆能發表文章，由此點可以看出，賴和不去爭辯意識型態的是非，不在團體組織當中爭奪權利，高舉臺灣人民幸福，號召團結，對抗日本殖民政府。團結前進，不分左、右，才是賴和奮鬥的目標。

⑭例如「新文協」指責「臺灣民眾黨」是「違背臺灣民眾利益，破壞共同戰線的臺灣民眾之叛賊」（葉榮鐘《臺灣民族運動史》）。

⑮也是：或是。

⑯駭人：驚人，令人害怕。

⑰充塞：充滿。

⑱逐：驅走。如「逐出家門」。

⑲前人：指前妻。

⑳慰安：慰勞安撫。《詩經．大雅．烝民》：「以慰其心」句下鄭玄箋：「故述其美，以慰安其心」。

㉑直覺：不經由推理或經驗去理解事物，而由心靈直接去感受體驗的作用。

㉒提攜：由人扶持帶領而行。

㉓本能不待學習而生來即具有的才能。

㉔水窪：低下、凹陷積水的地方。

㉕同化：使不相同的事物，逐漸變成相近或相同。多用於形容人種、風俗習慣。民族傳統不同的個人或文化體系，在接觸之後，溶入社會上占支配地位的強勢文化，而改變其原有的習慣與觀念，接受了新環境與新觀念，此種文化融合的社會過程。

㉖顛蹶：顛仆、跌倒，引喻失敗、挫折。

㉗進：原文作「途」。據林瑞明先生註，疑為「進」字之誤。

㉘攝伏：收伏、鎮壓。《五代史平話．周史》卷上：「領樞密則可以攝伏諸將．便宜行事，號令行矣」。

㉙寂滅：佛教謂斷除貪欲、瞋恨、愚痴和一切煩惱，不再輪迴生死的境界。《維摩詰所說經》卷下：「觀於無我而誨人不倦，觀於寂滅而不永滅」。

㉚慇懃：情意懇切、周到。

㉛進行曲：隊伍前進時演奏或歌唱的樂曲。節奏鮮明，多採用四拍子或二拍子。

㉜松籟：風拂動松樹，松針摩擦所發出的聲響。

㉝恍惚：神志模糊不清。

㉞顛簸：「簸」音ㄅㄛˇ。起伏搖動。

㉟沁漫：像水一樣滲入。

㊱托命：託付身家性命，指安身立命。

㊲田畑：畑，日文漢字，《康熙字典》未收，臺語讀音作ㄏㄥˊ，旱田之意。吳守禮先生《國臺對照活用辭典》注畑字，國語讀音為ㄊㄧㄢˊ，廈門讀音為ㄉㄧㄢˋ。田畑（臺語讀音ㄊㄧㄢˊ ㄏㄥˊ）指安身立命所需的家財產業。

㊳黑骨頭：指在日本殖民統治之下，為臺灣前途犧牲生命的先賢烈士。

㊴夜光菌：會發出螢光的小生物。例如發光藻，螢光細菌（**Vibrio harveyi**）。

㊵橫亙：綿延橫列。

㊶遂：稱心、滿足。

㊷意識：泛指一切精神活動，如知覺、記憶、想像等皆屬之。

㊸股慄：亦作「股栗」，腿部發抖，形容極為恐懼的樣子。

㊹內怯：內心畏縮、害怕。

㊺泰然：閒適自若的樣子。

㊻孱弱：「孱」音ㄔㄢˊ。瘦弱、虛弱。

㊼身量：身材。

㊽瀦留：「瀦」音ㄓㄨ。醫學用詞，指液體聚積停留，此處指水流停止積聚。

㊾忽惶：「惶」，即恐懼、害怕。忽惶，指忽然生起恐懼的心情。
㊿己：原文缺「己」字，此據林瑞明先生註補入。
51屯集：聚集、儲存。
52眩眼：光彩耀眼奪目。
53縷：線、麻線。《說文解字》：「縷，線也。」此處作量詞，指計算纖細條狀物的單位。
54到著處：目的地。

賞析

相對於詩來說，散文所要表達的對象比較明確，在虛實之間，詩志詠懷，散文卻以寫實為主。「象徵主義」一直都是作「詩」重要的技巧，但是本文卻是作者運用「象徵」的手法，所構築的散文佳作，所以有些人把這一類的散文稱為「詩化散文」。作者利用象徵的技巧，來豐富具象的多義性，例如本文中「風先生的慇懃，雨太太的好意」，可以解釋成人民的支持、國際友人的善意、世界潮流趨勢的呼應……等。雖然在作者的所指，和讀者理解的被指之間，充滿想像，以及不確定的多義性，卻充分展現散文詩化的文學魅力。

前進一文中，有兩個意象貫穿全文。一是兄弟兩人協力前進，象徵臺灣文化協會，左、右翼並存，更擴大來說，也寓意被殖民的臺灣百姓。另一個意象就是「駭人」的黑暗，永無止境，「不知到著處」的黑暗，代表日本政府的殖民政權。在這兩個意象之外，作者運用了更多的象徵，來闡述歷史。

文章起始，以生母和後母，分別代表中國和日本。用「追慕不返」與「不受教訓」，深刻地展現期待和不屈服。「被黑暗所充塞的地上」，指的是被殖民政權攏罩的臺灣社會，種種的艱辛，表徵前進路途的艱難坎坷。甚至那暗夜的惡溪，讓人不由自主地聯想到「治警事件」，因為兩兄弟能夠齊心團結，總算能夠通過險橋。但是在「思想也漸模糊」，「筋骨已不接受腦的命令」，左、右傾辯論之後，埋下了分裂的伏筆。「受到較多的勞苦的一人」顯然暗指以勞工、農民代言人自居的左翼「新文協」。兩兄弟都有「夢之國」的期待，左、右翼所期待的「夢之國」，當然是為臺灣人民謀求最大的幸福，但是左翼的「無產階級天堂夢」，和右翼的「臺灣民族自治夢」，顯然是不同的。而且用「夢」作為目地，也暗示作者深刻的絕望。在作者的心目中，主義、學說、思想、烏托邦，都只是黨同伐異，爭權奪利的工具，不是目地，它們在還沒有成為構築樂土的工具以前，反而先變成同志們彼此打得頭破血流的武器，作者認為臺灣人民自主尊嚴的生存，應該是所有主義與理想的前提。文末不落曙光乍現，前途光明的俗套，反而說「暗黑的氣氛，被風的歌唱所鼓勵，又復濃濃密密屯集」。作者以悲觀的預告作結，讓人深刻地感覺到，在本文創作的當下，殖民權的幽靈在臺灣的上空徘徊盤據，那「暗黑的氣氛，濃濃密密」，壓在讀者的心頭，沉沉甸甸，久久不去。

作者體認政治是社會改革重要的工具，所以投入政治運動，又能把激情的政治情緒內斂，用冷靜的思路、精準的筆鋒，嫻熟的文學技巧，把尖銳政治史實，用文學作記錄，讓文學和政治之間，作恰當的調和，使得政治沒有激情口號，文學也不全然無病呻吟。

全文不談政治，不說殖民，卻讓讀者深刻地體會，在那樣時空交錯之下的臺灣人民，所承受的是何等永無止境的黑暗，不知何去何從的徬徨，雖然不知目標何處，卻不曾放棄前進。臺灣文化協會從分裂，又再分裂，歷史的進程，違背了作者主觀的期待。鑑往知來，面對實力懸殊的強敵，就會有數不清的攏絡、威嚇、拉拔、分化、給予、打壓，造成內部的不信任，弱勢力的不安全感，權力路線的鬥爭就會表面化，其結果就是分裂、弱化而被摧毀消滅。本文作者揭示，縱然是「為著前進而前進」、「不知到著處」，那般地無奈，唯一的生路，也只有不分意識型態，「團結前進」才會有微薄的生機。

請沿虛線剪下

學習單

班級：＿＿＿＿　學號：＿＿＿＿　姓名：＿＿＿＿

問：

一、為了加強臺灣文學的特色，賴和運用許多臺語常用的辭彙，例如「也是」、「無有要」。賴和也運用臺灣話的語氣造句，例如：「不知行有多少時刻」，白話文應當寫成「不知道走了多久」。請舉出更多的例子？

二、廣義的臺語，包括源自於閩南語的臺語、客語以及原住民語，你認為應該推展各自「以文就口」的文學作品嗎？如果反對，請說明理由？如果贊成，請提出有音無字的語言，如何文字化的意見？

三、請試著不用象徵的技巧，而運用寫實的方法，改寫本篇散文。文章的開頭例如說：「在日本殖民政權統治之下，臺灣文化協會存在左、右翼兩條不同的路線……」。

答：

請沿虛線剪下

詩情畫意

《詩經》選：〈國風．衛風．木瓜〉、〈國風．周南．桃夭〉

古詩選：〈行行重行行〉／《古詩十九首》

唐詩選：〈輞川閒居贈裴秀才迪〉／王維

詞選：〈江城子〉／蘇軾、〈一翦梅〉／李清照

現代詩選：〈我不知道風是在哪一個方向吹〉／徐志摩、〈紅燭〉／聞一多

《詩經》選

題解

綜觀　《詩經》是我國最早的一部詩歌總集，為我國詩歌之祖，亦為我國後世一切純文學之祖，開創了我國抒情文學的傳統。凡三百零五篇，加上〈小雅〉有目無辭的笙詩六篇，共三百十一篇。古代但稱為「詩」、「詩三百」。孔子曾經整理過「詩」，且以之為教材，為儒家六藝之一。「溫柔敦厚」是我國詩歌的傳統詩教。在漢代儒者奉為「五經」之一，乃尊之為經，但宋元以後，始以《詩經》為書名。其句子形式以四言詩為主，善用雙聲疊韻之連緜詞，多重章疊句，富音樂性和節奏感。詩有「六義」——風、雅、頌、賦、比、興。風、雅、頌是詩總集的分類、體裁；而賦、比、興則是三種不同的作詩方法。

就體裁言，《詩經》有十五國風，共收錄一百六十首詩，內容以歌詠戀愛、婚姻為主，其次是描述生活的困苦，戰爭的顛沛流離，農村的祭祀、狩獵等，這一部分是《詩經》中最精彩、最有藝術、最珍貴的民間歌謠。雅詩，分為大雅與小雅，共收錄一百零五首，大雅三十一篇，大多是士大夫會朝的樂歌；小雅七十四篇，大多是士大夫饗宴時的樂歌。頌詩，有三頌，共收錄四十首，分為周頌三十一篇、魯頌四篇與商頌五篇，「頌」就是「容」，是歌而兼舞的意思（詩、樂、舞合一），大多是朝廷用來祭告神明祖先的樂歌。

就作法言，「賦」有鋪陳之意，是直接敘述的一種表達方法；「比」有擬喻之意，是借比為另一事物來加以敘述的一種表達方法；「興」有感發興起、聯想之意，是因甲事物之觸發而引出敘寫乙事物的一種表達方法。

《詩經》的風格和意趣，如百花齊放，爭奇鬥豔，在文學上和藝術上享有永恆和崇高的地位。其中含有豐富之古代歷史、民俗、社會、政治、宗教、道德、語言、音韻等材料，故最為學者所重視。傳本以漢毛亨、毛萇之《毛詩》、東漢鄭玄《毛詩箋》、唐孔穎達《毛詩正義》、宋朱熹《詩集傳》為尊。

分論　本文所選兩篇，〈木瓜〉出自《詩經・國風・衛風》；〈桃夭〉出自《詩經・國風・周南》。

一、**木瓜**　考其詩旨古來雖有「美齊桓公」之說、「臣下思報禮而作」、「男女相贈答之詞」、「朋友相贈答」等不同看法；今人大多以為是一首歌詠情人互相贈送東西的愛情詩。我們可將其視為一首通過贈答表達深厚情意的示愛詩作。

二、**桃夭**　《毛詩・序》曰：「〈桃夭〉，后妃之所致也。不妒忌，則男女以正，婚姻以時，國無鰥民也。」古說詩旨仍不脫宣揚「后妃之德」、封建倫理道德的堂皇外衣，其內裡實質則是儒家以善為美的美學觀。我們可將其視為一篇輕快活潑地讚美女子出嫁、祝賀婚姻幸福美滿的熱情詩作。

作者

《詩經》產生的年代，大約自西周初年（西元前一一二二年）至東周的春秋中期（西元前五九九年），此五百多年之間的作品。作者大多已不可考且成分很複雜，產生的地域也很廣，除了大部分為了瞭解政治和風俗的盛衰利弊，採集自民間的歌謠外，還有許多周王朝樂官製作的樂歌，公卿、列士進獻的樂詩，以及祭祀的頌辭，故實非一人、一時、一地之作。

從十五國風的地理環境來看，本文〈木瓜〉屬衛風，大約在今大陸河南省汲縣附近；〈桃夭〉屬周南，大約在今河南省西南部以及湖北省西北部一帶。而二南（周南、召南）雖觸及到長江以北的汝水、漢水附近，但其他十三國風的民情風俗，仍以黃河流域的歌謠為主，故《詩經》可說是我國北方文學的代表。

本文

〈國風．衛風．木瓜〉

投我以木瓜❶，報之以瓊琚❷。匪❸報也，永以爲好❹也。

投我以木桃❺，報之以瓊瑤。匪報也，永以爲好也。

投我以木李❻，報之以瓊玖。匪報也，永以爲好也。

注釋

❶木瓜：衛風此處之木瓜是一種落葉灌木（或小喬木），薔薇科，果實長橢圓形，色黃而香，可供蒸煮或蜜漬後食用。與今日大陸廣東、廣西、福建，和我們台灣等地出產可供生食的番木瓜略有不同。

❷瓊琚：瓊，美玉；琚（ㄐㄩ），佩玉的一種，與下文、「瓊瑤」、「瓊玖（ㄐㄧㄡˇ）（黑色的

玉）」皆表美玉之意同。

❸匪：非。

❹好：愛也。

❺木桃：果名，即楂子，是一種常綠小灌木，小於木瓜，味酸澀。

❻木李：果名，即榠（ㄇㄧㄥˊ）楂，又名木梨，是一種落葉喬木，味澀，可入藥。

賞析

這是一首通過贈答表達深厚情意的示愛詩作。古來民情風俗有投物示意、贈物定情的黎俗，這便是「投木報瓊」此一成語的由來。而《詩經‧大雅‧抑》有「投我以桃，報之以李」之句，這亦是「投桃報李」此一成語之所出，比喻相互贈答，禮尚往來。比較而言，「投桃報李」雖比「投木報瓊」常見，但《衛風‧木瓜》卻是現今傳誦最廣的《詩經》名篇之一。

從章句結構上看，〈木瓜〉一詩就很有特色。第一，它沒有《詩經》中最典型的句式——四字句，但這並非無法用四字句來表現喔（如「投我木瓜（桃，李），報以瓊琚（瑤、玖）；匪以為報，永以為好」，一樣可以）！而是作者有意無意地用這種句式造成一種跌宕有致的韻味，在歌唱時易於取得聲情並茂的效果。

其次，語句具有極高的重疊複沓程度，不要說每章的後兩句一模一樣，就是前兩句也僅一字之差，並且「瓊琚」、「瓊瑤」、「瓊玖」語雖略異義實全同，而「木瓜」、「木桃」、「木李」據李時珍《本草綱目》考證也是同一屬的植物，其間的差異大致也就像柑、橘、橙之間的差異那樣並不大，三章反複吟唱起來，不但具有朗朗上口的音樂性，更可重申永結同心的旦旦信誓。

從內容情意上看，小姐妳贈給我果子（木瓜、木桃、木李），我回贈你美玉（瓊琚、瓊瑤、瓊玖）的原因，並不在於果子的價錢，而是感受到背後那一份濃情蜜意，於是男子要鄭重的以美玉來永結此好情，此心心相印的契合要有永結同心的定情物來保證，方能見出男子珍視此情意的決心，詩三章反複吟詠男女互贈之情，珍重情意永結同心，情調優美而明朗暢快。

〈國風．周南．桃夭〉

桃之夭夭❶，灼灼其華❷；之子于歸❸，宜其室家❹。
桃之夭夭，有蕡其實❺；之子于歸，宜其家室。
桃之夭夭，其葉蓁蓁❻；之子于歸，宜其家人。

注釋

❶夭夭：少壯、少好也，此指桃樹的年輕、桃花的嬌美。

❷灼灼其華：灼（ㄓㄨㄛˊ）灼，色彩鮮豔如火；華，古「花」字。

❸之子于歸：之，指示代詞，之子，這位姑娘；于歸，出嫁。古代把丈夫家看做女子的歸宿，故稱「歸」。

❹宜其室家：宜，和順、親善，即相處融洽；室家，古時男以女為室，女以男為家，室家即由男女結合建立的家庭。下之「家室」、「家人」同，皆因換韻而換字。

❺有蕡其實：有，狀物詞，加於形容詞或副詞之前構成的語彙意義，等於形容詞或副詞之後加「然」字一樣，蕡（ㄈㄣˊ），形容草木有衆多果實，有蕡，果實十分繁盛的樣子；有蕡其實，它的果實十分繁盛。

❻其葉蓁蓁：蓁（ㄓㄣ）蓁，茂盛的樣子；其葉蓁蓁，它的枝葉十分茂盛。

賞析

這是一首祝賀女子出嫁輕快活潑的短詩。詩人採用民歌複沓的形式，三章熱情地反覆讚美新娘，並祝福她婚後家庭幸福美滿和諧。全詩以桃樹的花、實、葉做為比興的材料，形容新娘有如初春盛開桃花的濃豔、桃實的豐碩、桃葉的繁茂，祝願表達得十分生動：詞采絢爛、氣韻天成、純樸健康，無怪乎清代學者姚際恒《詩經通論》說，此詩「開千古詞賦詠美人之祖」，實非過當之譽。

本詩各章的前兩句，是全詩的興句，詩人起興狀物的工巧，除了表現對事物觀察的細膩外，重要的是，以生動鮮明的形象，點明婚禮舉行的時令，烘托出婚禮的熱烈、喜氣洋洋的氣氛，第一章寫花，二章寫實，三章寫葉，利用桃樹的三變，表達了三層不同的意思，並給予人們豐富的聯想。

寫花，是形容新娘子的美麗；寫實、寫葉，不正是要讓讀者想得更多更遠嗎？那豔麗盛開的桃花，那隨風搖曳、婀娜多姿的桃枝，彷彿新娘姿容的秀麗和身材的窈窕；那壓低枝頭的桃實和濃密的綠蔭，不只彷彿是新娘體態的健美，更是未來多子多孫、家族興旺的預兆啊！

這種祝願，反映了人們對生活的熱愛，對幸福美滿家庭的追求，更反映了一種祈嚮，一個姑娘，不一定要有豔如桃花的外貌，但要有「宜室」、「宜家」的內在美。〈桃夭〉並不像其他祝賀新婚的詩那樣，或者誇耀男方家世如何顯赫，或者顯示女方陪嫁如何豐盛，而是再三地講「宜其家人」，強調家庭和諧之美，這對離婚率高居亞洲之冠的台灣而言，有其深刻的警惕意義，而這種善即是美的思想背後，正是先秦儒家的美學觀。

請沿虛線剪下

學習單

班級：＿＿＿＿ 學號：＿＿＿＿ 姓名：＿＿＿＿

問：

一、對於心儀的男女，你會如何接近他們？如果可以送禮物示愛，你會選擇什麼東西？為什麼？

二、周華健有一首〈明天就要嫁給你啦〉的歌，寫出了待嫁女兒心的複雜心態，請對照本文詩經的內容情境，說說你婚前可有那些檢視與準備來面對未來。

三、請說說看祝賀人家新婚的吉祥話有那些？請教父母或談談你認為有效的婚姻幸福美滿之道。

答：

請沿虛線剪下

古詩選

〈行行重行行〉

題解

選自《文選》第二十九卷〈雜詩．上〉，皆未具作者姓名，亦無篇名。蕭統總題為《古詩十九首》，並各取詩的第一句為題。

清．張玉穀於《古詩賞析》指明此詩為「思婦」之詩，但亦有解成賢臣被明君所疏遠，藉棄婦來隱喻的詩旨。例如元．劉履《選詩補注》云：「賢者不得於君，退處遐遠，思而不忍忘」。朱自清在《古詩十九首釋》中認為，後世注詩的文人，總是喜歡讓「比興」任意發揮，「認為作詩必關教化，凡男女私情，相思離別的作品，必有寄託意旨，不是臣不得君，便是士不遇知己」。從而這種主觀認知是屈解詩旨，不能自圓其說的。〈行行重行行〉從它的民間性質，民歌風韻來看，確實是「棄婦思離君」的佳作，如果要刻意要解釋成「忠臣被逐」，應該也不過是文人的刻板想像罷了。

作者

《古詩十九首》，為漢代詩篇，後人考據甚多，或謂枚乘之作；或謂枚乘、傅毅、蔡邕、曹植、王粲等人之作。然以歷代湮滅，不知作者，為多數主張。〈行行重行行〉為《古詩十九首》的第一首。

梁．鍾嶸《詩品》說：「古詩其體源於國風」；清．王士禎《漁洋詩話》謂：「風雅後有楚、騷，楚騷後有十九首」。可見《古詩十九首》體裁以民間歌詠的國風為主。樂府、古詩本為一體，不易細分。嚴格論之，樂府不論創作或模擬，皆應以入樂與否為要件，樂府常懷奇想，也用深奧的辭語。古詩為文人創作的抒情詩，大多未經入樂，用辭平近淡遠，貼近人民生活。

《古詩十九首》的內容，多寫生活上的牢騷不平，時代的離亂苦悶。作品的主角，是游子思婦、落拓文人。反映漢代中、下層文人的生活情況。雖然沒有高瞻遠志，鮮少唱經說理，卻是反映人民真實日常生活的民歌。

本文

行行重[1]行行，與君生別離[2]。
相去萬餘里，各在天一涯[3]。
道路阻且長[4]。會面安可知？
胡馬依北風，越鳥巢南枝。[5]
相去日已遠，衣帶日已緩。[6]
浮雲蔽白日[7]，遊子不顧返。
思君令人老[8]，歲月忽[9]已晚。

棄捐⑩勿復道，努力加餐飯⑪！

注釋

❶重，音ㄔㄨㄥˊ，又也，再也，疊用複詞。

❷生別離，即永別離，有別後難以再相聚，生人作死別的意思。《楚辭．九歌．少司命》：「樂莫樂兮新相知，悲莫悲兮生別離。」

❸《廣雅》：「涯，方也。」

❹「道，阻且長」取自《詩經》，《詩經．秦風．蒹葭（ㄐㄧㄢ ㄐㄧㄚ）》：「蒹葭蒼蒼，白露為霜。所謂伊人，在水一方。溯洄從之，道阻且長。溯游從之，宛在水中央。」

❺「胡」，古代指中國北方的民族，「胡馬」產於北地。「越」，指今之浙江、福建一帶，相對於古代，「越」，泛指南方。這兩句借動物的本性，隱喻遊子思念故鄉，不忘本。《吳越春秋》：「胡馬依北風而立，越燕望海日而熙」。

❻「遠」作時間久遠解。〈古歌〉：「離家日趨遠，衣帶日趨緩。」衣帶日緩，指情深形悴。

❼《文選》李善注：「浮雲之蔽白日，以喻邪佞之毀忠良。」

❽「老」為憔悴老態。《詩經．小雅．小弁（ㄆㄢˊ）》：「維憂用老。」

❾忽，速也。

❿「棄」與「捐」同義，皆指丟下。

⓫加餐飯，猶言保重身體。《樂府．飲馬長城窟行》：「上言加餐飯，下言長相思。」

賞析

〈行行重行行〉是思婦懷君的作品。前六句是述往，追溯過去的離情。中間通過「胡馬依北風，越鳥巢南枝」作連接，後八句敘實，說明現在的感傷相思。

首句複沓「行行」兩字，以「重」字拉長景深。「行行重行行」有行之不止的動感和音感，可以用來呼應「萬餘里」的實境，和「天一涯」的虛境，創造出極其遙遠，杳渺不可及的分離與失落。這一種情緒，所展開的場景，果然是人世間的至沉極痛，只能用《楚辭》裡面：「悲莫悲兮生別離」之意境才能夠包涵。雖然作者只有提到「生別離」三字，但是讀者心裡就會自然浮現「悲莫悲兮」來讓情緒極大化，可以收到「辭短意長」的效果。

分離的相應是會面，作者提出何以至「生別離」的原因是「道路阻且長」。《詩經．秦風．蒹葭》將「道阻且長」和「宛在水中央」並用，明明是「眾裡尋他千百度，驀然回首，那人卻在，燈火闌珊處」（辛棄疾〈青玉案．元夕〉）的情境，作者在這裡硬是填進了一個「路」字，就把「道阻且長」那種縹緲寫實了。道和路，又阻又長，所以造成會面遙遙無期的等待。

「胡馬依北風，越鳥巢南枝」是藉用動物也有思鄉懷親的本性，物猶如此，人何以堪。既寫離君應懷故土故人，又寫思婦常存舊情舊恩，藉來連接以上六句的述往，和以下八句的敘實。

「相去日已遠」的相思折磨，讓人形銷骨立，也讓思婦「衣帶漸寬終不悔」（柳永〈蝶戀花〉）。但是思婦「以我之懷思，猜彼之見棄」（陳祚明〈采菽堂詩話〉），所以婉轉的提出「浮雲蔽日」的癡疑。「白日」是遠去之夫君，被動的，不自主的，明亮正直的。但是「浮雲」有遮蔽性、是偶然的，移動的，比喻獻媚夫君身側的女子。陸賈《新語》說：「邪臣之蔽賢，猶浮雲之障日月」，即以「白日」喻明君，以「浮雲」喻邪佞。作者藉用從五倫裡「君臣」之間的比喻，引喻「夫婦」之間的關係。

思君令人「維憂用老」，歲月如梭，所以不能再沉湎委頓。「努力加餐飯」句，一方面寄語離君要保重身體，另一方面也要愛惜自己，以待無期之來日。既慰人又自勉，總結全篇。

請沿虛線剪下

學習單

班級：＿＿＿＿　學號：＿＿＿＿　姓名：＿＿＿＿

問：

一、〈古歌〉：「離家日趨遠，衣帶日趨緩」，〈行行重行行〉：「相去日已遠，衣帶日已緩」，何以一用「離家」，一用「相去」？

附〈古歌〉：「秋風蕭蕭愁殺人，出亦愁，入亦愁。座中何人，誰不懷憂？令我白頭。胡地多飇風，樹木何修修。離家日趨遠，衣帶日趨緩。心思不能言，腸中車輪轉。」

答：

請沿虛線剪下

唐詩選

〈輞川閒居贈裴秀才迪〉

王維

題解

本作品為五言律詩，選自清．趙殿成箋注《王摩詰全集箋注》卷七。王維「立性高致，得宋之問輞川別業，山水勝絕」（李肇《國史補》，今陝西省藍田縣境內）。王維以「輞川別業」原來的基礎，加以營建宅邸園林，在此致仕歸隱。裴迪是王維晚年在輞川隱居之後，經常吟詩酬唱的詩友，「余別業在輞川山谷……與裴迪閒暇各賦絕句云」（《全唐詩》卷一百二十八〈輞川集並序〉）；「與裴迪遊其中，賦詩相酬為樂。」（《新唐書．王維傳》）。王維所留傳，與裴迪相互酬唱的詩作約三十餘篇，並經常以「裴秀才迪」稱之。

裴迪初與王維、崔宗興隱居於終南山，日以詩唱和。天寶年後，裴迪出仕，曾為蜀州刺史（《全唐詩》卷一百二十九），留下詩篇二十九首，多數是與王維互相唱和品評的作品。

作者

王維，字摩詰，唐太原祁人（祁為縣名，今山西祁縣），後隨父徙家於蒲（山西永濟）。生於武后聖曆三年（西元七〇〇年），卒於肅宗上元二年（西元七六一年），享年六十一歲。好釋道，後稱「詩佛」。因緣於《維摩詰所說經》載有深通佛法之大居士，名曰「維摩詰」，故字摩詰。唐開元九年（西元七二一年）進士及第，官至尚書右丞，後亦稱「王右丞」，詩與孟浩然齊名，世稱「王孟」，有《王右丞集》十卷傳世。

王維擅長草隸書及繪畫，自己謙稱為「宿世謬辭客，前身應畫師」（〈偶然作之六〉），早年作品如〈老將行〉，也有托古諷今，風格豪放的氣勢，但是整體而言，仍是以「田園詩」見長。蘇軾稱王維「詩中有畫，畫中有詩」。所作〈送元二使安西〉，被配上樂譜，「勸君更進一杯酒，西出陽關無故人」千年傳唱不絕。晚年隱居藍田縣輞川別墅，親近田園山水，與詩友裴迪相互唱和。王維之作品，以詩意、書法、繪畫為技巧，以山水田園為背景，以儒、釋、道作為精神。一生或出仕，或歸隱，雖有政治蹇滯，以及喪妻之痛，鰥居三十年。然觀其出世、入世之間，極少悲憤不平的情緒，其作品中，充滿「淡遠閑靜」的禪意。宦成身退，悠游山林。

本文

寒山轉蒼翠❶，秋水日潺湲❷。
倚杖柴門外，臨風聽暮蟬❸。
渡頭❹餘落日，墟里❺上孤煙❻。
復值❼接輿❽醉，狂歌五柳❾前。

注釋

❶寒山轉蒼翠：本作「積」蒼翠。蒼，深綠色；翠，綠色。山色因為光線轉換，逐漸變成濃厚的深綠色。

❷潺湲：音「ㄔㄢˊ ㄩㄢˊ」，水流緩慢，淙淙水聲。

❸暮蟬：在時序秋、冬天鳴叫的蟬，分類上屬於「寒蟬屬」。暮蟬是下午鳴叫的蟬，聲音特別明亮大聲，在臺語中，傍晚即「暗晡」，「嗟」是蟬叫聲，故臺語也稱蟬為「暗晡嗟」。

❹渡頭：即擺渡的渡口。

❺墟里：鄉里，人民生活的村落。

❻孤煙：生火作飯，日常炊爨。

❼復值：剛好又遇到。

❽接輿：陸通，字接輿，楚人也。接輿佯狂不願出仕，自耕自食，孔子周遊楚國的時候，曾經狂歌經過孔子車前，諷諭孔子汲汲於從政，「鳳兮鳳兮，何如德之衰也？來世不可待，往世不可追也……」孔子下車，欲與之言。趨而避之，不得與之言」（「楚狂接輿歌」，源於皇甫謐《高士傳》），相關言行參見《論語．微子》、《莊子．人間世》。作者此處是用接輿來比擬隱居的裴迪。

❾五柳：即五柳先生，「宅邊有五柳樹，因以為號焉」（陶淵明〈五柳先生傳〉），陶淵明形塑一個「環堵蕭然，不蔽風日；短褐穿結，簞瓢屢空，晏如也。常著文章自娛，頗示己志。忘懷得失，以此自終」的五柳先生自況，是千年以來田園詩人和歸隱文人，在文學意涵和道德情操的典範。王維也自比為五柳先生。

賞析

這是一首藉由繪畫、影像、聲光，揉合自然和人文的五言律詩，是「詩中有畫，畫中有詩」最佳的詮釋。秋天在文學創作上，經常金風颯颯，甚至是「金風吹柳蟬先覺，暗送無常死不知」。但是歸隱田園的王維，卻把這樣金風肅殺的意境，「寒蟬淒切」的抑鬱悲涼，寫成人、景交融，物我兩忘的境界。「暮蟬」、「渡頭」、「落日」、「孤煙」……都是渲染情緒的素材，但是在王維筆下，卻服服貼貼成了接輿和五柳先生「無懷氏之民歟！葛天氏之民歟！」的陪襯妝點。言語、文字、布局，運用精妙，直是到了佛家「見山又是山，見水又是水」的境界。

「寒山轉蒼翠，秋水日潺湲。」首聯就把秋季，清楚標示出來，秋天的時令，不就應該是「無邊落木蕭蕭下」嗎？為什麼山上的植被，會轉化成深綠色？這要從「暮蟬」、「落日」來解釋，日暮黃昏，光影明暗變幻，讓寒山殘存的綠意，披上一層黑紗，所以秋天的植被，竟呈現墨綠「蒼翠」的視覺感。後世「印象畫派」，認為光線行進的角度，經過的時間、明暗、折射、色溫……不同的作用，對於「被射物」會造成層次豐富影響，這一種效果，甚至於對於「被射物」的顏色濃淡，都會造成視覺上的色差。色彩豐富的變化，是由色光造成的。觀察位置不同，受光狀態的不同，和環境的影響，色彩就會發生變化。這一種視覺上細微的變化，畫家要能夠精準掌握，觀察要從眼睛看到的，表達呈現出來，不能從秋天就是「無邊落木蕭蕭下」的刻板印象，去找答案。秋天的山色不一定都是枯黃的，殘綠經過夜幕的裝扮，作者眼睛看到的是墨綠「蒼翠」。而王維在繪畫和文學雙方面，都學養深厚，才能從觀察中體驗差異，並形成畫面，然後透過精美的文字，將心理美妙的「印象畫作」，栩實傳達。山之不動，以「轉」的動態，讓夜幕蒙上的面紗，光線經過明暗轉換，巨巍峨的大山，突然生動起來。這一幕影像畫壁的生動演出，又經由終日恆常不息的潺潺流水聲，適時提供最恰當的音響效果，聲光動畫，有聲有色。不動的大山，像靜坐沉思的智者，充滿了生命的力量。智者滔滔澎湃的思潮，又如「日潺湲」的流水，奔流不息。不動的山，因為「轉」而生動了，潺潺的水，因為守恆不變而靜止了。讀者所看見的，到底是詩還是畫？

頷聯「倚杖柴門外，臨風聽暮蟬。」這是王維在詩、在畫裡的自畫（也是自話）自況。隱逸知足，與世無爭，物我兩忘，意態安閒。斜倚竹杖，在柴門外臨風聽蟬，與「策扶老以流憩，時矯首而遐觀」（陶淵明〈歸去來辭並序〉）是相同的情境，這是王維對陶淵明的接受和學習，所萃取出來的精華。王維只是把陶淵明的生活情趣、文學關懷和生命哲理，再講一次，講得更詳細一點而已。

「渡頭餘落日，墟里上孤煙。」頸聯呈現生動的色彩拼盤和情懷筆記。渡頭是漂泊的起點或歸根的終點，在渡頭，仍然藏著一個陶淵明的密碼「雲無心以出岫，鳥倦飛而知還」（〈歸去來辭並序〉）。西陲落日，暗示漂泊流浪即將結束，回想出仕的經歷，真是「誤落塵網中，一去三十年」（陶淵明〈歸園田居〉）。升起的炊煙，意象源自於「曖曖遠人村，依依墟裡煙」（〈歸園田居〉），滾滾紅塵昨已逝，裊裊炊煙即眼前。隱逸生活，在慢慢昇華展開。渡頭在水邊，墟裡在村落，即將消逝於水平線上橙紅的落日，搭配生火炊爨，緩緩升起，白色的，一直向上，一直向上的炊煙。落日寫自然，炊煙寫人事。毋庸再「問征夫以前路」，渡頭終於是漂泊的結束，不是開始。

尾聯「復值接輿醉，狂歌五柳前。」王維此處用接輿形容裴迪，以五柳自況。接輿和五柳雖然皆是隱逸遯世的文人，實則並不相同。接輿狂歌縱情，五柳安逸恬淡。李白詩「我本楚狂人，鳳歌笑孔丘」（〈廬山謠寄盧侍御虛舟〉），所以接輿不但自己「躬耕以自食，親織以為衣，食飽衣暖，其樂自足矣」（皇甫謐《高士傳》），而且還要去「笑孔丘」。王維對年輕的裴秀才，以接輿和五柳自比兩人，其間異同，作者形容細微精巧。「狂者進取」，接輿對於隱逸生活，熱衷積極，勇於宣傳，鼓勵讀書人都要「夫負釜甑，妻戴紝器，變名易姓，遊諸名山」（皇甫謐《高士傳》），同時他也積極去批評別人，不應該趨名逐利，汲汲於官場。而五柳先生，對於隱逸的田園生活，完全出於自省，江湖、廟堂走過，終於回歸自然，嚮往田園，歸隱與內心山水有關，與他人無涉。所謂「富貴非吾願，帝鄉不可期」、「悟已往之不諫，知來者之可追。實迷途其未遠，覺今是而昨非。」（〈歸去來辭並序〉）所以尾聯呈現，五柳先生倚杖在柴門外，享受退休生活，經常遇到醉言醉語的接輿，放肆狂歌，宣傳隱逸的好處，「鳳兮鳳兮，何如德之衰也？來世不可待，往世不可追也。」（皇甫謐《高士傳》）五柳先生則是瞇著眼睛，笑容洋溢地欣賞並讚美。

整體而言，整首詩首聯和頷聯寫景寫自然，頸聯和尾聯寫人寫情。在格律上，律詩的首聯可以不對仗，但是頷聯和頸聯應工對，本作品首聯工對，頷聯竟不對仗，所以喻守真《唐詩三百首詳析》疑為首聯和頷聯顛倒錯亂。首聯所寫的景，是透過頷聯的人體驗和看見的，如果把首聯和頷聯對調，改成「倚杖柴門外，臨風聽暮蟬。寒山轉蒼翠，秋水日潺湲。」是更直觀的欣賞方法。頸聯和尾聯，雖然是寫人，還可以細分為頸聯所寫的是人心，是情懷，歸結到尾聯所寫的隱士人物，「接輿和五柳」，才是王維對於生命價值的終極典範和寄託。

請沿虛線剪下

學習單

班級：＿＿＿＿ 學號：＿＿＿＿ 姓名：＿＿＿＿

問：

一、王維在〈輞川閒居贈裴秀才迪〉詩中有畫「有聲有色」，作者以文字描寫哪些顏色？哪些聲音？

答：

請沿虛線剪下

詞選

〈江城子〉

乙卯正月二十日夜記夢　蘇軾

題解

〈江城子〉：詞牌名，此乃取自五代十國中的蜀國詞人歐陽炯的詞句：「晚日金陵岸草平，落霞明，水無情。六代繁華，暗逐逝波聲。空有姑蘇台上月，如西子鏡，照江城。」故名之「江城子」。而後凡以江城子為詞牌者，其格式均與歐陽炯詞相同，直至宋朝變為雙調，分成上闋與下闋。蘇軾此詞為悼念亡妻之作。詞題為乙卯正月二十日夜記夢，即宋神宗熙寧八年（西元一〇七五年）正月二十日夜。詞人通過記夢來抒寫對亡妻真摯的愛情和深沈的思念。死別十年，蘇軾夜夢亡妻，悽楚哀婉，久蓄的情感澎湃奔湧，不可遏止。本詞雙調七十字，上下片各五平韻，格式相同，一韻到底，多用以表達哀婉淒切之情。

一般而言，詞大致可分三類：

㈠小令，五十八字以內稱小令。如〈如夢令〉、〈漁歌子〉等。

㈡中調，五十九字至九十字為中調，如〈破陣子〉、〈一剪梅〉等。

㈢長調，九十一字以上為長調，如〈沁園春〉、〈賀新郎〉等。詞又有單調、雙調、三疊、四疊之分。單調詞往往就是一首小令，它很像一首詩，雙調的詞有小令、也有中調和長調。雙調把詞分為前後兩闋，兩闋的字數基本相等，平仄也相同。雙調是詞中最常見的形式。

作者

蘇軾（西元一〇三七年—一一〇一年），字子瞻，號東坡居士，眉州人。北宋著名文學家，與父蘇洵、弟蘇轍，合稱「三蘇」。父親蘇洵少不喜學，後發憤苦讀但屢試不第，轉而研究古今治亂，並培養蘇軾兄弟，蘇軾步入仕途後，即捲入黨爭，歷經宦海浮沈。先歷任杭州通判，密州、徐州、湖州、知州，後因「烏台詩案」被貶為黃州團練副使，累遷中書舍人、翰林學士，甚至遠謫廣東惠州、海南儋州。直至宋徽宗即位才遇赦北歸，次年死於常州，卒諡「文忠」。

蘇軾在其詩、詞、散文、書法等文藝創作方面皆有很突出的成就：

㈠散文：長於策議論辯，與父洵、弟轍合稱「三蘇」，並列唐宋古文八大家。

㈡詞：開拓豪放詞風，突破「詞言情」的藩籬，開豪放一派，影響後世深遠，與辛棄疾並稱「蘇辛」。

㈢詩：與黃庭堅並稱「蘇黃」，開宋詩新面貌，「蘇詩」自成一家。

㈣書法：與黃庭堅、米芾、蔡襄合稱「北宋四大書家」。其重要著作有《東坡全集》。

本文

十年❶生死兩茫茫，不思量，自難忘。

千里孤墳❷，無處話淒涼。
縱使相逢應不識，塵滿面，鬢如霜。
夜來幽夢忽還鄉。小軒窗❸，正梳妝。
相顧無言，惟有淚千行。
料得年年腸斷處❹，明月夜，短松岡。

注釋

❶ 十年：蘇軾妻子王弗於英宗治平二年（西元一〇六五年）病逝於京師汴梁，至此正是十年。

❷ 千里孤墳：亡妻孤墳遠在千里的家鄉。其妻逝世後，次年歸葬四川故里，寫作當時蘇軾任密州知州，距故鄉有千里之遙。

❸ 小軒窗：小室的窗子，軒：小房間。

❹ 腸斷處：極度悲傷之處，意指其妻墳前。腸斷：形容悲痛傷心，柳永有「眼穿腸斷」之語，曹雪芹有「淚乾腸斷」之語。

賞析

本詞是文學史上第一首悼亡詞。表達了作者對亡妻真摯的思戀，上闋寫十年相思之苦及死別之痛，「十年生死兩茫茫」，首句單刀直入，為全詞奠定了傷感哀痛的基調。「兩茫茫」道出了詞人對亡妻陰陽永隔、再無聚首之日的哀痛和喟歎；下闋寫夢中的情景，「夜來幽夢忽還鄉」，

「幽夢」寫出夢境的隱約朦朧，夢中冥冥世界與人世間的阻隔不再，親人得以重逢，全詞語言質樸自然，感情沉摯，意境悲涼。

〈一翦梅〉

李清照

題解

〈一翦梅〉，詞牌名，又名〈臘梅香〉，得名於周邦彥詞中的「一翦梅花萬樣嬌」，乃取前三字為調名，雙調六十字，上下片各六句，四平韻。此作為傾訴相思別愁之詞，在黃昇《花庵詞選》中題作別愁，為李清照寫給新婚未久離家遠遊之夫婿趙明誠，表達對心上人思念之深情，並抒發離人（相思）之苦。

作者

李清照，號易安居士，宋齊州章丘（今屬山東）人。生於宋神宗元豐七年（西元一〇八四年），卒年不可考，為南宋女詞人。詩、詞、散文、駢文皆長，又工於書法、繪畫，其詞為婉約派正宗。詞作前期多寫其悠閒生活，後期多悲歎身世，情調感傷，形式上善用白描手法，自闢蹊徑，語言清麗。論詞強調協律，崇尚典雅，提出詞「別是一家」之說，沈去矜曾道：「男中李後主，女中李易安，極是當行本色。前此太白，故稱詞家三李。」

著有《易安居士文集》、《易安詞》，已散佚。後人有《漱玉詞》輯本。今人有《李清照集校注》。

本文

紅藕香殘玉簟秋❶。輕解❷羅裳，獨上蘭舟❸。雲中誰寄錦書來？雁字回時，月滿西樓。花自飄零水自流。一種相思，兩處閒愁。此情無計可消除，才下眉頭，卻上心頭。

注釋

❶紅藕一句：紅藕：紅色的荷花，玉簟：精美的竹席。此句點名時序在荷花色香俱殘的秋天。

❷輕解：輕輕提起。

❸蘭舟：黃心木製成的小船。

賞析

伊世珍《瑯嬛記》言：「易安結褵未久，明誠即負笈遠遊。易安殊不忍別，覓錦帕書〈一翦梅〉詞以送之。」此作為詞人李清照贈予遠遊夫婿之詞，詞中以女性特有之細膩敏感抒寫秋日別情，上片隱然相思之意，從秋日自泛舟出遊寫至夜晚明月高照閨樓，以表明日夜無時無刻不掛念心上人，盼望遠方寄來「錦書」以解相思之情；下片借景抒懷，以花落水流喻己別離後的寂寞寥落之感，暗中又扣合流水落花的傷感與無奈。「一種相思，兩處閒愁」，作者述及與丈夫身處兩地，共處一種思緒之間，表明了作者與丈夫的心靈感應互通。結尾處「此情無計可消除，才下眉頭，卻上心頭。」此三句絕妙好詞，最為世人稱道，其結構工整、手法巧妙，極富藝術感染力。

請沿虛線剪下

學習單

班級：＿＿＿＿　學號：＿＿＿＿　姓名：＿＿＿＿

問：

一、請指出古代詞有婉約、豪放兩大主流？請依個人喜好各舉其一說明其特色。

二、以〈一翦梅〉一詞為例，你認為哪個句子能將本詞的愁情表達的最為傳神？

答：

請沿虛線剪下

現代詩選

〈我不知道風是在哪一個方向吹〉

徐志摩

題解

本詩選自《猛虎集》，是詩人於一九二八年創作的一首抒情詩，初載同年三月十日《新月》月刊第一卷第一號，署名志摩。此詩是詩人在經歷種種挫折、痛苦與思索後所作，主要表達了作者追求那種「回到生命本體中去」的詩歌理想。徐志摩相信「文藝的生命是無形的靈感加上有意識的耐心與努力的成績」，本詩在輕柔曼妙的流盪中，很自然地將詩中的愛、自由與美，遞傳出來。

作者

徐志摩（一八九六－一九三一），現代詩人、散文家。譜名章垿，字槱森，小字又申，筆名南湖、雲中鶴等，浙江省海寧縣硤石鎮人，一九三一年十一月十九日在濟南附近因飛機失事遇難身亡，僅享年三十六歲。

他在國內曾進入滬江大學、北洋大學、北京大學就讀。後赴美留學，獲哥倫比亞大學碩士。

一九二一年赴英國留學，入倫敦劍橋大學當特別生，研究政治經濟學，在劍橋兩年深受西方教育的動陶及歐美浪漫主義和唯美派詩人的影響。回國後曾任教於北京大學、清華大學。後遊歷俄、德、義、法等國。返國後曾任教於上海光華大學、大夏大學、南京中央大學，一九三〇年冬到北京大學與北京女子大學任教。

一九二一年徐志摩二十六歲結識林徽音後開始寫詩，與胡適、梁實秋、聞一多、沈從文等人創立新月社，出版《新月》月刊，創辦《現代評論》，開展新詩格律化運動，影響到新詩藝術的發展。後與聞一多共同主編《晨報．鐫詩》副刊，並與胡適、邵洵美、梁實秋等創辦新月書店。

徐志摩生命中的三個女人是：張幼儀、林徽音與陸小曼，故其名字幾乎與浪漫愛情畫上等號。他的詩字句清新，韻律諧和，比喻新奇，想象豐富，意境優美，神思飄逸，富於變化，並追求藝術形式的整飭、華美，具有鮮明的藝術個性，為新月派的代表詩人，詩集有《志摩的詩》、《翡冷翠的一夜》、《猛虎集》、《雲遊集》等。著作另有散文、翻譯等多種，他的散文也自成一格，取得了不亞於詩歌的成就，其作品已編為《徐志摩全集》出版。

本文

我不知道風
是在哪一個方向吹——
我是在夢中
在夢的輕波裏依洄❶

我不知道風
是在哪一個方向吹——
我是在夢中
她的溫存，我的迷醉

我不知道風
是在哪一個方向吹——
我是在夢中
甜美是夢裡的光輝

我不知道風
是在哪一個方向吹——
我是在夢中
她的負心，我的傷悲

我不知道風
是在哪一個方向吹——
我是在夢中
在夢的悲哀裏心碎

我不知道風
是在哪一個方向吹——
我是在夢中
黯淡是夢裡的光輝

注釋

❶依洄：依偎、洄游。

賞析

徐志摩是「新月派」的主將，才華橫溢，被譽為「生命的信徒」、「唯美的理想主義者」、「浪漫主義的調情聖手」，更是二十年代十分傑出的詩人。他的詩情是在西方文化浪潮的席捲下萌發，特別是大量閱讀歐美十九世紀詩人的作品，「頓覺性靈開放」，因而自我的世界觀與藝術觀於焉漸次形成。

他曾積極向西方格律詩借火，在形式上作廣泛的試驗如：散文詩、自由詩、無韻體詩、駢句韻體詩、奇偶韻體詩、章韻體詩，為新詩開闢新徑，注重整齊、勻稱、對比、和諧之美。同時講求詩的「音節」，認為「一首詩的秘密也就是它內含節奏的勻整與流動」，更重視「旋律」、「意境」的鋪陳，創造濃郁而言有盡意無窮的情趣，直達玄幽、典雅、奧秘、朦朧的境界。

〈我不知道風是在哪一個方向吹〉這首詩，可以說是徐志摩的「標簽」之作。詩作問世後，文壇上只要聽到這一聲誦號，便知是公子駕到了。熟悉徐志摩家庭悲劇的人，或許可以從中捕捉到一些關於詩人那段羅曼史的影子。但它始終也是模糊的，被一股不知道往哪個方向吹的勁風沖淡了，以至於欣賞者也同吟唱者一樣，最終被這一股強大的旋律感染得醺醺然、陶陶然了。

全詩共六節，每節的前三句相同，輾轉反覆，餘音裊裊，詩中用這種刻意經營的旋律組合，渲染了「夢」的氛圍，也給吟唱者更添上幾分「夢」態。「我不知道風是在哪一個方向吹——我是在夢中，在夢的輕波裏依洄。」全詩的意境在一開始便已經寫盡，而詩人卻鋪衍了六個小節，卻依然鬧得讀者一頭霧水。詩人到底想說些什麼，有一千個評論家，便有一千個徐志摩。但也許該說的已說，不明白卻仍舊不明白。

徐志摩的一段話，倒頗可作為這首詩的註腳：「要從惡濁的底裏解放聖潔的泉源，要從時代的破爛裏規復人生的尊嚴——這是我們的志願。成見不是我們的，我們先不問風是在哪一個方向吹。功利也不是我們的，我們不計較稻穗的飽滿是在那一天。……生命從它的核心裏供給我們信仰，供給我們忍耐與勇敢。為此我們方能在黑暗中不害怕，在失敗中不頹喪，在痛苦中不絕望。生命是一切理想的根源，它那無限而有規律的創造性給我們在心靈的活動上一個強大的靈感。它不僅暗示我們，逼迫我們，永遠望創造的、生命的方向上走，它並且啟示我們的想像。……我們最高的努力目標是與生命本體相綿延的，是超越死線的，是與天外的群星相感召的。……」（〈「新月」的態度〉）

這裡說的既是「新月」的態度，也是徐志摩最高的詩歌理想，那就是：回到生命本體中去。其實早在回國之初，徐志摩就多次提出過這種「回復天性」的主張（〈落葉〉、〈話〉、〈青年運動〉等）。他為壓在生命本體之上的各種憂慮、怕懼、猜忌、計算、懊恨所苦悶、蓄精勵志，為要保持這一份生命的真與純。

他要人們張揚生命中的善，壓抑生命中的惡，以達到人格完美的境界。他要擺脫物的羈絆，心遊物外，去追尋人生與宇宙的真理。這樣的一個夢，它決不是「她的溫存，我的迷醉」、「她的負心，我的傷悲」之類的戀愛苦情。這是一個大夢，一種大的理想，雖然到頭來總不負黯然神傷，「在夢的悲哀裏心碎」，但從這一點上，便可看出本詩積極一面的意義。

由於這首詩，許多人把「新月」詩人徐志摩認作了「風月」詩人。然而，當讀者真的沉入他思想的核心，與他一道「與生命的本體同綿延」，「與天外的群星相感召」，讀者自可以領略到另一個與平常浪漫的錯覺截然不同的徐志摩理想的形象。

請沿虛線剪下

學習單

班級：＿＿＿＿ 學號：＿＿＿＿ 姓名：＿＿＿＿

問：

一、胡適說徐志摩的人生觀是一種「單純信仰」——愛、自由、美，他夢想這三個理想的條件能夠會合在一個人生裡。你覺得從本詩可以看出這種端倪嗎？也請說說看你的人生觀。

二、除了〈我不知道風是在哪一個方向吹〉外，你還讀過徐志摩的哪些作品？請上YouTube聽聽看張清芳曾經唱過的那首〈偶然〉，你能體會徐志摩是一種怎樣的心情呢？

三、請上YouTube看看影片《人間四月天》後，說說你對陸小曼的看法。

答：

請沿虛線剪下

〈紅燭〉

聞一多

題解

紅燭本意是火紅的蠟燭，喜慶的象徵。《紅燭》是聞一多的第一部詩集，一九二三年九月七日出版，初版本收六十二首。在回顧自己數年來的理想探索歷程和詩作成就時，聞一多寫下了這首名詩〈紅燭〉，並將它作為同名詩集《紅燭》的序詩。詩集題材廣泛，內容豐富，或抒發詩人的愛國之情，或批判封建統治下的黑暗，或反映勞動人民的苦難，或描繪自然的美景，構思精巧，想像奇新，語言形象生動。

作者

聞一多（一八九九－一九四六），原名亦多，字友三，號友山，家族排行叫家驊。後改名多，又改名一多，湖北黃岡浠水縣人。十六歲考進北京清華留美預備學校，五四時期積極參加文學藝術活動。二十二歲起開始創作新詩，後曾赴美留學，在芝加哥美術學院、珂泉柯羅拉多大學同時研究文學和戲劇。回國後，與徐志摩等人在《晨報》主辦《詩鐫》，並與朱湘、陳夢家等編輯《新月》雜誌和《詩刊》，後曾任武漢大學、青島大學文學院長、清華大學中文系主任，抗日戰事爆發，在西南聯大任教，從事古典文學研究。四十八歲時被刺身亡。著有詩集《紅燭》、《死水》、《聞一多全集》、《神話與詩》等多種。他致力於研究新詩格律化的理論，在論文《詩的格律》中，他要求新詩具有「音樂的美（音節），繪畫的美（辭藻），並且還有建築的美

（節的勻稱和句的均齊）」，這就是他的「三美」詩觀。著有詩集《紅燭》（一九二三）、《死水》（一九二八）。學術著作有《古典新義》、《楚辭校補》、《神話與詩》、《唐詩雜論》等。聞一多的主要著作收集在《聞一多全集》中，共四冊八集，一九四八年八月由開明書店出版。

本文

「蠟炬成灰淚始乾」❶
——李商隱

紅燭啊！
這樣紅的燭！
詩人啊
吐出你的心來比比，
可是一般顏色？

紅燭啊！
是誰製的蠟——給你軀體？

是誰點的火——點著靈魂？
爲何更須燒蠟成灰，
然後才放光出？
一誤再誤；
矛盾！衝突！

紅燭啊！
不誤，不誤！
原是要「燒」出你的光來——
這正是自然底方法。

紅燭啊！
既製了，便燒著！
燒罷！燒罷！
燒破世人的夢，

燒沸世人的血——
也救出他們的靈魂，
也搗破他們的監獄！

紅燭啊！
你心火發光之期，
正是淚流開始之日。

紅燭啊！
匠人造了你，
原是爲燒的。
既已燒著，
又何苦傷心流淚？
哦！我知道了！
是殘風來侵你的光芒，
你燒得不穩時，

才著急得流淚！

紅燭啊！
流罷！你怎能不流呢？
請將你的脂膏，
不息地流向人間，
培出慰藉的花兒，
結成快樂的果子！

紅燭啊！
你流一滴淚，灰一分心。
灰心流淚你的果，
創造光明你的因。

紅燭啊！
「莫問收穫，但問耕耘。」

注釋

❶蠟炬成灰淚始乾：出自晚唐詩人李商隱的〈無題之四〉「相見時難別亦難，東風無力百花殘。春蠶到死絲方盡，蠟炬成灰淚始乾。曉鏡但愁雲鬢改，夜吟應覺月光寒。蓬山此去無多路，青鳥殷勤為探看。」詩句的意思是蠟燭成灰時才不流燭淚，只要我身尚在，我的清淚會永遠長滴。

賞析

聞一多在當代新詩壇被譽言「古典、唯美而又激進的詩人。」他的詩作聯結著我國古代詩、西洋詩和現代各詩派的技巧，同時能將音樂的美，繪畫的美，建築的美熔於一爐。聞一多在新詩形式上的革新，作了十分突出的貢獻，他善於捕捉音節，以洗鍊的白話，配合北方的口語，對新詩格律進行大膽的探索；在藝術上，他的精雕細琢，運用擬人化的藝術手法，追求詩境的綿延深邃，以及力避平庸、釀製奇絕的豪邁之氣，均是促使他的詩作經得起考驗與耐人反復咀嚼的主要原因。

本詩一開始就突出紅燭的意象，紅紅的，如同赤子的心。聞一多要問詩人們，你們的心可有這樣的赤誠和熱情，你們可有勇氣吐出你的真心和這紅燭相比。一個「吐」字，生動形象，將詩人的奉獻精神和赤誠表現得一覽無餘。

詩人接著問紅燭，問它的身軀從何處來，問它的靈魂從何處來。這樣的身軀、這樣的靈魂為何要燃燒，要在火光中毀滅自己的身軀？詩人迷茫了，如同在生活中的迷茫，找不到方向和思考不透很多問題。矛盾！沖突！在曾有的矛盾沖突中詩人堅定了自己的信念。因為，詩人堅定地說：「不誤！不誤」。詩人已經找到了生活的方向，準備朝著理想中的光明之路邁進，即使自己被燒成灰也在所不惜。

詩歌從第四節開始，一直歌頌紅燭，寫出了紅燭的責任和生活中的困頓、失望。紅燭要燒，燒破世人的空想，燒掉殘酷的監獄，靠自己的燃燒救出一個個活著但不自由的靈魂。紅燭的燃燒受到風的阻撓，它流著淚也要燃燒。那淚，是紅燭的心在著急，為不能最快實現自己的理想而著急，流淚。詩人要歌頌這紅燭，歌頌這奉獻的精神，歌頌這來之不易的光明。在這樣的歌頌中，詩人和紅燭在交流。詩人在紅燭身上找到了生活方向：實幹，探索，堅毅地為自己的理想努力，不計較結果。詩人說：「莫問收穫，但問耕耘。」

這首詩有濃重的浪漫主義和唯美主義色彩。詩歌在表現手法上重幻想和主觀情緒的渲染，大量使用了抒情的感嘆詞，以優美的語言強烈地表達了心中的情感。在詩歌形式上，詩人極力注意詩歌的形式美和詩歌的節奏，和詩中要表達的情感相一致，如：重複句的使用、一定程度上採用傳統詩歌的押韻形式、前後照應和每節中詩句相對的齊整等等。詩人所倡導的新詩的格律化、音樂性的主張在這首詩中有一定的體現。可以說，聞一多融匯古今、化和中外的詩歌形式，以強烈的情感表達和追求精神開闢了一代詩風，激勵著一代代的詩人去耕耘和探索。

請沿虛線剪下

學習單

班級：＿＿＿＿　學號：＿＿＿＿　姓名：＿＿＿＿

問：

一、請問詩人聞一多以「紅燭」象徵什麼？你同意詩人：「莫問收獲，但問耕耘」的說法嗎？

二、請問本詩哪裡可以看出作者的「三美」詩觀？

三、聞一多與徐志摩同為「新月派」的大將，請從藝術風格比較兩者的同異。

答：

請沿虛線剪下

戲夢人生

〈李寄斬蛇〉／干寶
〈風雪山神廟〉／施耐庵
〈一件小事〉／魯迅

〈李寄斬蛇〉

干寶

題解

綜觀 我國小說的發展，簡言之：漢至魏晉是筆記形式的志怪志人小說；到了唐代傳奇，小說才成熟；宋代話本，白話小說正式開始；明清章回小說，可說是小說的極盛期，其中羅貫中的《三國演義》、施耐庵的《水滸傳》、吳承恩的《西遊記》與曹雪芹的《紅樓夢》，可並列稱為我國古典「四大小說」；而前三者加上蘭陵笑笑生的《金瓶梅》，則稱為「四大奇書」。

小說產生的淵源很早，秦漢以前的《山海經》、《穆天子傳》就保存了不少神話傳說，在某些子書裡也保存著一些寓言故事，這些便是小說的萌芽。到漢人雜史《吳越春秋》、《越絕書》等，已有小說意味。魏晉南北朝時期產生了不少作品，大致可分為志怪小說和軼事小說。

志怪小說盛行於魏晉南北朝，這和當時社會動亂、政治黑暗、佛道盛行，以及求仙煉丹等社會風尚有密切關係。今存志怪小說三十多種，內容很龐雜，又約可分為三類：㈠炫耀地理博物瑣聞，如託名東方朔的《神異經》，張華的《博物志》。㈡誇飾正史以外的歷史傳聞，如託名班固的《漢武帝內傳》、《漢武故事》，王嘉的《拾遺記》。㈢講說鬼神怪異迷信故事，如干寶的《搜神記》，北齊·顏之推的《冤魂志》，梁·吳均的《續齊諧記》，宋·王琰的《冥祥記》，劉義慶的《幽明錄》，以及託名曹丕的《列異傳》，託名陶淵明的《搜神後記》等。

分論 志怪小說的代表作為《搜神記》，為東晉以來志怪小說的重要著作，原本三十卷，已佚；今本二十卷，為明人胡應麟所輯，已非原貌。據作者自序，干寶寫作此書的用意在於「發明神道之不誣」，但書中也保存了不少優秀的神話傳說和民間故事，如〈干將莫邪〉、〈韓憑夫婦〉、〈董永〉及〈李寄斬蛇〉等。

本文〈李寄斬蛇〉選自《搜神記》卷十九，以四百餘字的篇幅，恰當地運用對比、反襯的手法，塑造了一個善良窮苦少女李寄，具有非凡的勇敢和機智，斬蛇除害的故事。旨在教人不能屈服於環境，應運用智慧解決困難，才能創造美好的生活，同時也暴露了封建官吏的怯懦無能、草菅人命。

作者

干寶，生卒年約近五十（約在西元二八六年—三三六年之間），字令升，新蔡（今大陸河南省新蔡縣）人。東晉史學家、文學家。少勤學，博學多才，晉元帝時召為著作郎，領修國史，後因家貧求補山陰令，遷始安太守，王異請為司徒右長史，遷散騎常侍等官。

著有《晉紀》二十卷（已佚），時稱「良史」。此外還有《易》、《禮》和《春秋左氏傳》的注、論，《干子》、《百志詩》等多種，均已散佚。他性好陰陽數術，迷信神鬼，撰記古今神怪靈異之事，名為《搜神記》。

本文

東越閩中[1]有庸嶺[2]，高數十里。其西北隰[3]中有大蛇，長七八丈，大十餘圍[4]，土俗常懼。東冶都尉[5]及屬城長吏[6]，多有死者。祭以牛羊，故不得禍。或與人夢，或下諭巫祝[7]，欲得啗[8]童女年十二三者。都尉令長[9]並共患之。然氣厲[10]不息。共請求人家生婢子[11]，兼有罪家女養之。至八月朝[12]祭，送蛇穴口。蛇出，吞囓[13]之。累年如此，已用九女。

爾時預復募索，未得其女。將樂縣[14]李誕家，有六女，無男，其小女名寄，應募欲行，父母不聽。寄曰：「父母無相[15]，惟生六女，無有一男，雖有如無。女無緹縈[16]濟父母之功，既不能供養，徒費衣食，生無所益，不如早死。賣寄之身，可得少錢，以供父母，豈不善耶？」父母慈憐，終不聽去。寄自潛行，不可禁止。

寄乃告請[17]好劍及咋[18]蛇犬。至八月朝，便詣廟中坐。懷劍，將[19]犬。先將數石米餈[20]，用蜜麨[21]灌之，以置穴口。蛇便出，頭大如囷[22]，目如二尺鏡。聞餈香氣，先啗食之。寄便放犬，犬就囓咋，寄從後斫[23]得數創。瘡痛急，蛇因踴出，至庭[24]而死。寄入視穴，得其九女髑髏[25]，悉舉出，咤[26]言曰：「汝曹怯弱，為蛇所食，甚可哀愍。」於是寄女緩步而歸。

越王聞之，聘寄女為后，拜其父為將樂令，母及姊皆有賞賜。自是東冶無復妖邪之物。其歌謠至今存焉。

注釋

❶東越閩中：東越，國名，西漢小國；閩中，郡名，東越國管轄之境。
❷庸嶺：又名烏嶺，今福建省劭武縣西北。
❸隰：隰（ㄒㄧˊ），低窪之地。
❹圍：五吋為一圍。
❺東冶都尉：東冶，邑名，今福建省福州；都尉，官名，郡的軍事長官。
❻屬城長吏：屬城，即東冶郡所屬縣城；長（ㄓㄤˇ）吏，高級縣吏；屬城長吏，指所屬縣城的長官。
❼下諭巫祝：往下告訴巫師。巫祝，用歌舞來娛神並可與鬼神溝通的人。
❽啗：啗（ㄉㄢˋ），同啖，吃。
❾令、長：皆指縣官。秦漢制，凡人口在萬戶以上的縣稱「令」，不滿萬戶的稱「長」。
❿氣厲：當時的疫情。氣，節氣；厲，瘧害。
⓫家生婢子：古代奴婢的子女仍作奴婢，男的稱為「家生奴」，女的稱為「家生婢」；子，語尾助詞。
⓬朝：初一。
⓭齧：齧（ㄋㄧㄝˋ），咬。
⓮將樂縣：三國時吳國所置，今福建省將樂縣。
⓯無相：沒有福相。
⓰緹縈：人名，姓淳于。西漢太倉令淳于意的幼女。意無兒，只有五女。漢文帝時，意因罪當受肉刑，感慨生女不生男，一旦有事，毫無用處。緹縈痛哭，隨父至長安，上書自願作公家之婢女，以贖父罪。文帝受其感動，乃下詔廢除肉刑，淳于意因此得免。
⓱告請：猶言訪求。請，請求。
⓲咋：咋（ㄗㄜˊ），咬。
⓳將：帶、領。
⓴米餈：餈（ㄘˊ），一種用米或米粉做成的食品；米餈，用糯米蒸製的飯團。
㉑麨：麨（ㄔㄠˇ），將米、麥炒熟後磨成的粉。
㉒囷：囷（ㄐㄩㄣ），圓形穀倉。
㉓斫：斫（ㄓㄨㄛˊ），用刀（或斧）砍。
㉔庭：堂階前。
㉕髑髏：髑髏（髑髏），死人的骨頭。
㉖咤：咤（ㄓㄚˋ），痛惜。

賞析

〈李寄斬蛇〉這篇短篇志怪小說，運用對比的手法，圍繞著蛇害，層次分明地展開敘述，內容分為三部分：第一，描寫大蛇作亂於閩中的情形。第二，鋪陳李寄請求父母讓她去當大蛇的祭品。第三，記述李寄以機智斬除大蛇的過程。

小說一開始就竭力渲染蛇之大及其危害之嚴重，突出了人們去除蛇害的迫切心情。地方官吏先用牛羊來祭祀牠，無效，後又徵集十二三歲童女來祭，每年八月送入蛇穴，年年如此，已濫送了九女而蛇害未除，這充分反映了官府的昏庸無能，為下文寫李寄斬蛇作了鋪墊。

正在地方官吏束手無策的時候，不幸的命運輪到了李寄的頭上，她明白應募之事是無法避免的，與其哭哭泣泣傷父母的心，還不如豁出去，先孝順地寬慰父母，再有計畫地冒險為民除害，以圖死裡求生。相對於那些迷信而無能的官吏，她的勇敢果斷、挑戰困境，恰成鮮明的對比。

李寄是一位十分有主見的姑娘，她不是消極地等待死亡，而是積極準備消滅大蛇，為民除害，並且訂下周密的計畫。整段斬蛇的過程並無驚心動魄的交戰畫面，只是平順的呈現出李寄的智慧與勇氣，成功斬殺大蛇的過程。

李寄在殺蛇後，進入洞穴對先前被當作犧牲的九個女孩之髑髏，因痛惜而有感而發的話，其實是在嘲諷和批判屈服於現實的人們。因為古人面臨自然環境及毒蛇猛獸的侵害時，大多求助於巫術、祭祀，如本文所描述的那些官吏及居民。

故事的最後，李寄被聘為王后，意味著善有善報，這是民間故事慣用的結局手法。作者在文中將李寄與東冶的官吏作了尖銳的對比，官吏是何等的昏庸、怯弱，這是對當時統治者的無情揭露；反襯出李寄這位英雄少女的智勇雙全，於是人們為她編了歌謠，讚頌她「智」、「勇」、「孝」的傑出行為。

請沿虛線剪下

學習單

班級：＿＿＿＿＿＿ 學號：＿＿＿＿＿＿ 姓名：＿＿＿＿＿＿

問：

一、現實生活中，還有哪些不合時宜的迷信風俗、巫術祭祀？它們背後賴以支撐的文化因子是什麼？有沒有辦法改善？

二、如果你是先前要被送進蛇穴活祭的九女之一，你會怎麼辦？此外，請討論臺灣目前兩性地位是否已經平權了？還有哪些可以改善的空間？

三、從本文的哪些片段，你可以看出李寄是一位「智」、「勇」、「孝」的奇女子？你的讀後心得或啓發是什麼？

答：

請沿虛線剪下

〈風雪山神廟〉

施耐庵

題解

本文選自《水滸傳》第十回，原回目叫做「林教頭風雪山神廟，陸虞侯火燒草料場」。本回歷來就是人們擊節稱賞的著名篇章之一。在這一章中，作者運用了多種藝術表現手法，著力描寫了東京八十萬禁軍教頭林沖，從一個封建統治集團的依附者，被徽宗皇帝的寵臣太尉高俅，陷害得家破人亡，誤入白虎堂、刺配滄州道、遇險野豬林……終於投奔梁山，成為農民革命英雄的轉化過程。在人物性格的精細刻畫和故事情節的生動描寫上，取得了很高的成就。

長篇章回小說《水滸傳》版本頗多，今日坊間最通行之版本，為金聖歎刪定之七十回本。此書根據北宋徽宗宣和年間，宋江起兵之事件，再大量採擷民間傳聞，鋪衍出一百零八條英雄好漢故事。全書在「官逼民反」的無奈背景下，敘述豪傑壯士們被逼上梁山的事蹟，本書人物生動有力，個個活躍紙上，推演故事亦能一氣呵成，語言文字簡練鮮明，保存土話俚語甚多，對話更是維妙維肖，成功的表現了「替天行道，保境安民」的剛性美主題，可說是明代白話文學最高的藝術成就。金聖歎曾拿此書和《莊子》、《離騷》、《史記》、杜詩、《西廂記》並稱為六才子書。影響明清傳奇小說甚鉅，如《金瓶梅》即是擷取其中幾回渲染而成。

作者

學者們多認為《水滸傳》非成於一時，作於一人之手，宋、元、明三代多位不知名的通俗文學作家，均有功焉。而施耐庵可能是摭拾舊聞、推演故事、增潤成篇，對創作這部小說，貢獻最力的一個人。施耐庵，名字不可考，亦不知何許人。或說名惠，或說名子安，字君美，或說字君承，號耐庵，元末東都（今河南省洛陽縣西）人，或說懷安人，或說錢塘人。生卒年不詳，大約生活於元末明初之間。曾賜進士出身，在錢塘（今杭州市）為官二年，因與當道者不合，遂棄官歸家，閉戶著書。

本文

話說當日林沖正閒走間，忽然背後人叫，回頭看時，卻認得是酒生兒李小二。當初在東京時，多得林沖看顧。這李小二先前在東京時，不合偷了店主人家錢財，被捉住了，要送官司問罪，卻得林沖主張陪話，救了他免送官司，又與他陪了些錢財，方得脫免；京中安不得身，又虧林沖齎發他盤纏，於路投奔人；不想今日卻在這裏撞見。

林沖道：「小二哥，你如何也在這裏？」李小二便拜道：「自從得恩人救濟，齎發小人，一地裏投奔人不著，迤邐不想來到滄州，投托一個酒店主人，姓王，留小人在店中做過賣。因見小人勤謹，安排的好菜蔬，調和的好汁水，來喫的人都喝采，以此，買賣順當。主人家有個女兒。就招了小人做女婿。如今丈人丈母都死了。祇剩得小人夫妻兩個，權在營前開了個茶酒店。因討錢過來遇見恩人。恩人不知爲何事在這裏？」林沖指著臉上道：「我因惡了高太尉，生事陷害，受了一場官司，刺配到這裏。如今叫我管天王堂，未知久後如何。不想今日在此遇見。」李小二就請林沖到家裏面坐定，叫妻子出來拜了恩人。兩口兒歡喜道：「我夫妻二人正沒個親眷，今日得恩人到來，便是從天降下。」林沖道：「我是罪囚，恐怕玷辱你夫妻兩口。」李小二道：「誰不知恩人大名？休恁地說！但有衣服，便拿來家裏漿洗縫補。」當時管待林沖酒食，至夜送回天王堂。次日又來相請。自此，林沖得店小二家來往，不時間送湯送水來營裏與林沖喫。林沖因見他兩口兒恭敬孝順，常把些銀兩與他做本銀。

……忽一日，李小二正在門前安排菜蔬下飯，祇見一個人閃將進來，酒店裏坐下。隨後又一人閃入來。看時，前面那個人是軍官打扮；後面這個走卒模樣，跟著也來坐下。李小二入來問道：「可要喫酒？」祇見那個人將出一兩銀子與小二道：「且收放櫃上，取三四瓶好酒來。客到時，果品酒饌，祇顧將來，不必要問。」李小二道：「官人請甚客？」那人道：「煩你與我去營裏請管營、差撥兩個來說話。問時，你祇說：『有個官人請說話，商議些事務，專等，專等！』」……

李小二應了，自來門首叫老婆道：「大姐，這兩個人來得不尷尬。」老婆道：「怎麼的不尷尬？」小二道：「這兩個人語言聲音是東京人；初時又不認得管營；向後我將按酒入去，祇聽得差撥口裏訥出一句『高太尉』三個字來。這人莫不與林教頭身上有些干礙？我自在門前理會，你且去閣子背後聽說甚麼。」老婆道：「你去營中尋林教頭來認他一認。」李小二道：「你不省得：林教頭是個性急的人，摸不著便要殺人放火。倘或叫得他來看了，正是前日說的甚麼陸虞侯，他肯便罷？做出事來須連累了我和你。你祇去聽一聽，再理會。」老婆道：「說得是。」便入去聽了一個時辰，出來說道：「他那三四個交頭接耳說話，正不聽得說甚麼。祇見那一個軍官模樣的人去伴當懷裏取出一帕子物事遞與管營和差撥。帕子裏面的莫不是金銀？祇聽差撥口裏說道：『都在我身上，好歹要結果他性命。』」……

轉背不多時，祇見林沖走將入店裏來，說道：「小二哥，連日好買賣！」李小二慌忙道：「恩人請坐，小二卻待正要尋恩人，有些要緊話說。」……當下林沖問道：「甚麼要緊的事？」李小二請林沖到裏面坐下，說道：「卻纔有個東京來的尷尬人，在我這裏請管營、差撥喫了半日酒。差撥口裏訥出『高太尉』三個字來。小人心下疑惑，又著渾家聽了一個時辰。他卻交頭接耳，說話都不聽得。臨了，祇見差撥口裏應道：『都在我兩個身上，好歹要結果了他！』那兩個把一包金銀遞與管營、差撥，又喫一回酒，各自散了。不知甚麼樣人。小人心疑，祇怕在恩人身上有些妨礙。」林沖道：「那人生得甚麼模樣？」李小二道：「五短身材，白淨臉皮，沒甚髭鬚，約有三十餘歲。那跟的也不長大，紫棠色面皮。」林沖聽了大驚道：「這三十歲的正是陸虞侯！那潑賤賊敢來這裏害我！休要撞著我，祇教他骨肉爲泥！」李小二道：「祇要隄防他便了；豈不聞古人言『喫飯防噎，走路防跌』？」

林沖大怒。離了李小二家，先去街上買把解腕尖刀，帶在身上，前街後巷一地裏去尋。李小二夫妻兩個捏著兩把汗。當晚無事。林沖次日天明起來，洗漱罷，帶了刀，又去滄州城裏城外，小街夾巷，團團尋了一日。牢城營裏，都沒動靜。又來對李小二道：「今日又無事。」小二道：「恩人，祇願如此。祇是自放仔細便了。」林沖自回天王堂，過了一夜。街上尋了三五日不見消耗，林沖也自心下慢了。

……

話不絮煩。兩個相別了。林沖自來天王堂，取了包裹，帶了尖刀，拿了條花鎗，與差撥一同辭了管營。兩個取路投草料場來。正是嚴冬天氣，彤雲密布，朔風漸起，卻早紛紛揚揚，捲下一天大雪來。那雪下得密了，……林沖和差撥兩個在路上又沒買酒喫處。早來到草料場外。看時，一週遭有些黃土牆，兩扇大門。推開看裏面時，七八間草屋做著倉廒，四下裏都是馬草堆，中間兩座草廳。到那廳裏，祇見那老軍在裏面向火。差撥說道：「管營差這個林沖來替你回天王堂看守，你可即便交割。」老軍拿了鑰匙，引著林沖吩咐道：「倉廒內自有官司封記；這幾堆草，一堆堆都有數目。」老軍都點見了堆數，又引林沖到草廳上。老軍收拾行李，臨了說道：「火盆、鍋子、碗、碟，都借與你。」林沖道：「天王堂內，我也有在那裏，你要便拿了去。」老軍指壁上掛一個大葫蘆，說道：「你若買酒喫時，祇出草場投東大路去二三里便有市井。」老軍自和差撥回營裏來。

祇說林沖就牀上放了包裹被臥。就坐下生些燄火起來——屋邊有一堆柴炭，拿幾塊來，生在地爐裏。仰面看那草屋時，四下裏崩壞了，又被朔風吹撼，搖振得動。林沖道：「這屋如何過得一冬？待雪晴了，去城中喚個泥水匠來修理。」向了一回火，覺得身上寒冷，尋思：「卻纔老軍所説，二里路外有那市井，何不去沽些酒來喫？」便去包裹裏取些碎銀子，把花鎗挑了酒葫蘆，將火炭蓋了，取氈笠子戴上，拿了鑰匙出來，把草廳門拽上，出到大門首，把兩扇草場門反拽上鎖了；帶了鑰匙，信步投東，雪地裏踏著碎瓊亂玉，迤邐背著北風而行；那雪正下得緊。

行不上半里多路，看見一所古廟，林沖頂禮道：「神明庇祐，改日來燒紙錢。」又行了一回，望見一簇人家。林沖住腳看時，見籬笆中，挑著一個草帚兒❶在露天裏。林沖逕到店裏。主人道：「客人那裏來？」林沖道：「你認得這個葫蘆麼？」主人看了道：「這葫蘆是草料場老軍的。」林沖道：「原來如此。」店主道：「既是草料場看守大哥，且請少坐；天氣寒冷，且酌三杯，權當接風。」店家切一盤熟牛肉，燙一壺熱酒，請林沖喫。又自買了些牛肉，又喫了數杯。就又買了一葫蘆酒，包了那兩塊牛肉，留下些碎銀子。把花鎗挑著酒葫蘆，懷內揣了牛肉，叫聲相擾」，便出籬笆門，仍舊迎著朔風回來。看那雪，到晚越下得緊了。

再說林沖踏著那瑞雪，迎著北風，飛也似奔到草場門口，開了鎖，入內看時，祇叫得苦。原來天理昭然，佑護善人義士，因這場大雪，救了林沖的性命：那兩間草廳已被雪壓倒了。林沖尋思：「怎地好？」放下花鎗、葫蘆在雪裏；恐怕火盆內有火炭延燒起來，搬開破壁子，探半身人去摸時，火盆內火種都被雪水浸滅了。林沖把手床上摸時，祇拽得一條絮被。林沖鑽將出來，想天色黑了，尋思：「又沒把火處，怎生安排？」想起離了這半里路上有個古廟可以安身，「我且去那裏宿一夜，等到天明，祇作理會。」把被捲了，花鎗挑著酒葫蘆；依舊把門祇拽上，鎖了；望那廟裏來。入得廟門，再把門掩上。旁邊止有一塊大石頭，掇將過來靠了門。入得裏面看時，殿上塑著一尊金甲山神；兩邊一個判官，一個小鬼；側邊堆著一堆紙。團團看來，又沒鄰舍，又無廟主。林沖把鎗和酒葫蘆放在紙堆上；將那條絮被放開；先取下氈笠子，把身上雪都抖了；把上蓋白市衫脫將下來，早有五分濕了，和氈笠放在供桌上；把被扯來，蓋了半截下身；卻把葫蘆冷酒提來慢慢地喫，就將懷中牛肉下酒。

正喫時，祇聽得外面必必剝剝地爆響。林沖跳起身來，就壁縫裏看時，祇見草料場裏火起，刮刮雜雜的燒著。當時林沖便拿了花鎗，卻待開門來救火；祇聽得外面有人說將話來。林沖就伏門邊聽時，是三個人腳步響，直奔廟裏來；用手推門，卻被石頭靠住了，再也推不開。三人在廟簷下立地看火。數內一個道：「這條計好麼？」一個應道：「端的虧管營、差撥兩位用心！回到京師，稟過太尉，都保你二位做大官。這番張教頭沒得推故了！」一個道：「林沖今番直喫我們對付了！高衙內這病必然好了！」又一個道：「張教頭那廝，三回五次托人情去說，『你的女婿沒了』，張教頭越不肯應承。因此衙內病患看看重了。太尉特使俺兩個央浼二位幹這件事。不想而今完備了！」又一個道：「小人直爬入牆裏去，四下草堆上點了十來個火把，待走那裏去！」那一個道：「這早晚燒個八分過了。」又聽得一個道：「便逃得性命時，燒了大軍草料場，也得個死罪！」又一個道：「我們回城裏去罷。」一個道：「再看一看，拾得他一兩塊骨頭回京，府裏見太尉和衙內時，也道我們也能會幹事。」

林沖聽那三個人時，一個是差撥，一個是陸虞侯，一個是富安。自思道：「天可憐見林沖，若不是倒了草廳，我準定被這廝們燒死了！」輕輕把石頭掇開，挺著花鎗，左手拽開廟門，大喝一聲：「潑賊那裏去！」三個人都急要走時，驚得呆了，正走不動。林沖舉手，肐察的一鎗，先撥倒差撥。陸虞侯叫聲：「饒命！」嚇的慌了手腳，走不動。那富安走不到十來步，被林沖趕上，後心祇一鎗，又搠倒了。翻身回來，陸虞侯卻纔行得三四步，林沖喝聲道：「奸賊！你待那裏去！」劈胸祇一提，丟翻在雪地上，把鎗搠在地裏，用腳踏住胸脯，身邊取出那口刀來，便去陸謙臉上擱著，喝道：「潑賊！我自來又和你無甚麼冤讎，你如何這等害我！正是『殺人可恕，情理難容』！」陸虞侯告道：「不干小人事！太尉差遣，不敢不來。」林沖罵道：「奸賊！我與你自幼相交，今日倒來害我！怎不干你事？且喫我一刀！」把陸謙上身衣服扯開，把尖刀向心窩裏祇一剜，七竅迸出血來；將心肝提在手裏。回頭看時，差撥正爬將起來要走；林沖按住喝道：「你這廝原來也恁的歹，且喫我一刀！」又早把頭割下來，挑在鎗上。回來把富安、陸謙頭都割下來，把尖刀插了，將三個人頭髮結做一處，提入廟裏來，都擺在山神面前供桌上。再穿了白布衫，繫了胳膊，把氈笠子帶上，將葫蘆裏冷酒都喫盡了。被與葫蘆都丟了不要。提了鎗，便出廟門投東去。走不到三五里，早見近村人家都拿了水桶、鉤子來救火。林沖道：「你們快去救應！我去報官了來！」提著鎗祇顧走。……

那雪越下得猛。林沖投東走了兩個更次，身上單寒，當不過那冷；在雪地裏看時，離得草料場遠了；衹見前面疎林深處，樹木交雜，遠遠地數間草屋，被雪壓看，破壁縫裏透出火光來。林沖逕投那草屋來。推開門，衹見那中間坐著一個老莊客、周圍坐著四五個小莊家向火，地爐裏面燄燄地燒著柴火。林沖走到面前叫道：「眾位拜揖！小人是牢城營差使人，被雪打濕了衣裳，借此火烘一烘。望乞方便！」莊客道：「你自烘便了，何妨得。」林沖烘著身上濕衣服，略有些乾，衹見火炭邊煨著一個甕兒，裏面透出酒香。林沖便道：「小人身邊有些碎銀子，望煩回些酒喫。」老莊客道：「我們每夜輪流看米囤，如今四更，天氣正冷，我們這幾個喫尚且不穀，那得回與你？休要指望！」林沖又道：「胡亂祇回三兩碗與小人擋寒。」老莊客道：「你那人休纏！休纏！」林沖聞得酒香，越要喫，說道：「沒奈何，回些罷。」眾莊客道：「好意著你烘衣裳向火，便來要酒喫！去便去；不去時，將來弔在這裏！」林沖怒道：「這廝們好無道理！」把手中鎗看著塊燄燄著的火柴頭望老莊家臉上衹一挑，又把鎗去火爐裏衹一攪，那老莊家的髭鬚燄燄的燒著。眾莊客都跳將起來，林沖把鎗桿亂打。老莊家先走了；莊客們都動撣不得，被林沖趕打一頓，都走了。林沖道：「都走了！老爺快活喫酒！」土炕上卻有兩個椰瓢，取一個下來傾那甕酒來喫了一會，剩了一半。提了鎗，出門便走；一步高，一步低，踉踉蹌蹌，捉腳不住；走不過一里路，被朔風一掉，隨著那山澗邊倒了，那裏掙得起來？大凡醉人一倒便起不得。當時林沖醉倒在雪地上。（節錄自《水滸傳》第十回）

注釋

❶草帚兒：指宋朝時酒店的標幟。

賞析

第十回一開頭，作者先寫了李小二和小酒店，這是一個不可缺少的重要安排。林沖被誣陷下獄，刺配滄州，在受難中忽然間遇見故人李小二。作者順筆交代了林沖在東京時曾救助過他，這一簡短的插敘，既表現了林沖扶危濟困的性格特徵，又使李小二夫妻感恩戴德的行為顯得合情合理。其後林沖對李小二的談話，表明了扶危濟困的英雄林沖，身在危難之中，依然不顧自己的苦難，一心為別人著想的高貴品質。

作品開頭的這段描寫，自然而又親切。一方面表現了林沖的思想性格特徵，另一方面也是為下面情節發展而特意預先安排的。寫李小二的小酒店，不光是為了招待林沖，更重要的是為了接待東京高衙內差來的陸謙和管營、差撥。「忽見一個人閃進酒店內，隨後又一個閃了進來」，這兩個「閃」字用得很形象，把搞陰謀詭計的壞人那種鬼鬼祟祟的情態，活靈活現地反映出來了。當李小二將剛來小酒店的那人容貌和「高太尉」等隻言片語告訴林沖時，林沖一聲怒罵和持刀急尋的身影，人們明顯地感覺到林沖的反抗性格，為殺仇人而不顧自己是一個充軍流放的罪囚，報仇雪恨的強烈慾望，使他將前程、生死等一切利害關係都置之度外了。

林沖又驚又怒拿刀去尋找陸謙，讀者讀到這裡，精神也為之一震，矛盾衝突的浪頭一下子漫湧而起，好像緊接著就是一場血肉迸飛的廝殺，「李小二夫妻兩個捏著兩把汗」，讀者也捏著一把汗。然而，作者卻老練地虛晃一槍，盤馬彎弓，引而不發。他在這裡故意頓了一筆，寫林沖尋了三、五日，不見動靜，「也自心下慢了」；陸謙等人在小酒店裡一閃後，也消失得無影無蹤。矛盾衝突的浪頭起而又伏，於暗伏中積蓄力量，準備迎接更大的衝擊和高峯。

接下去，作者以圓熟靈動、細膩入微的筆觸，描寫了林沖雪夜向火，老軍留贈酒葫蘆，草料場風吹屋動等一系列生活細節，寫得平淡、輕鬆，若無其事。本是山雨欲來之勢，矛盾衝突已趨激烈，兩高潮到來前夕卻越顯得密雲不雨般地平靜。

最後，草料場被陸謙等人放火燒著了。作者借陸謙一干人自己的口，將陷害林沖的全部狠毒陰謀，在山神廟前和盤托出，小說主人公林沖和讀者心頭的一切疑團豁然開朗。事到如今，林沖再也無法忍耐下去了。踏過艱苦思想鬥爭歷程的林沖，思想性格終於爆發出質的飛躍。他轉變了立場，拋棄了幻想，手刃仇人，同前所依附的封建統治集團徹底決裂，這個空有一身本事，屈沉在小人之下的英雄，面貌一新地站立起來了。他那英勇的反抗性格，在這促使他思想昇華的矛盾高潮中，得到了充分展現。

特別精彩的是殺陸謙的場景，先審後殺，理直氣壯，真是刀落驚風雪，文成泣鬼神。人們絲毫不感到殺得心驚，反而感到殺得無比痛快！出自林沖口中那「殺人可恕，情理難容」八個字，淋漓盡致地表現了這受盡奸賊迫害的英雄，舉刀殺人行動的理直氣壯，正義凜然；充分揭露了高俅、陸謙這些封建統治者及其走狗的卑鄙、狠毒和罪惡。草料場被燒毀，又殺了陸謙等人，林沖犯下了彌天大罪，罪不容誅；到了這個地步，林沖的一切退路都被徹底堵死。於是，在無情的現實環境下，英雄丟掉了幻想，撇下了自家前程的包袱，終於克服了自身軟弱忍讓的弱點，挺起腰杆，帶著慷慨激昂的豪情，大踏步地走上了「逼上梁山」的道路。

這第十回的回目叫做「林教頭風雪山神廟，陸虞侯火燒草料場」，作者落筆中處處不忘記「火」和「雪」。精心描寫「火」和「雪」這兩種互不相容的事物，如「向火」、「火盆」、「焰火」、「火種」、「火炭」、「焰焰地燒著柴火」；從「紛紛揚揚捲下一天大雪來」，到「那雪正下得緊」，接著「越下得緊」，到最後「那雪越下得更猛」。作者不但用北風、飛雪、大火，有力地烘托了林沖胸中的憤怒，一時間，風助火勢，火增人威，匯成了一個激動人心的戲劇高潮；更巧妙地抓住了下雪各個階段的不同特徵，用準確、簡練的語言，恰當地表現出來，使人讀了如臨其境。象徵、暗示著林沖和高俅、陸謙等人是水火不相容的。而對「火」和「雪」的具體描寫，不但簡潔、新穎、不落俗套；而且跟矛盾衝突的進展步步緊扣，為刻畫人物性格服務。

一大篇文字之中，先是星星點點的小火，隱隱約約地由老軍「向火」引起，中經草料場大火燃燒後，又忽明忽暗地以老莊客的「向火」了結，這與情節漸漸推進，矛盾步步激化；與林沖性格漸漸發展，以至於升華突變，都自然而又緊密地結合在一起。能達到如此和諧神妙的藝術境地，實在是罕見的！

請沿虛線剪下

學習單

班級：＿＿＿＿ 學號：＿＿＿＿ 姓名：＿＿＿＿

問：

一、請說明林沖的人物形象及其性格的轉變。

二、請到圖書館多看點《水滸傳》，梁山泊有一百零八條好漢，你較喜歡哪一個人？為什麼？

三、面對險惡的環境壓迫？有些人會被逼上梁山，甚至鋌而走險，如果是你，你會選擇怎樣的應對與處置之道？

答：

請沿虛線剪下

〈一件小事〉

魯迅

題解

〈一件小事〉出自《吶喊》，是中國現代文學奠基人魯迅創作的一篇極短篇小說❶。〈一件小事〉當作於一九一九年下半年，首次發表於一九一九年十二月一日出版的《晨報》「周年紀念增刊」上，文末的「一九二〇年七月」可能是收入集子時作者的誤記。這是魯迅先生被生活中偶然經歷的事情所觸動，並被偶然遇見的車夫所感動，然後以此為原型而創作出的一篇小說。一九一九年，五四運動爆發，這場運動使得知識分子在勞動人民身上找到了革新中華民族的希望所在，因而提出了「勞工神聖」的口號。這篇小說講述一位人力車夫撞到人但並沒有被其他人看見，在冒著被人訛詐的情況下還去幫助老人的故事。文章以第一人稱的寫法，通過對「一件小事」和「我」的思想情感前後變化的敘述，歌頌了勞動者人力車夫正直、善良、無私、勇於負責的高尚品格；以及「我」勇於自我批評，嚴於解剖自己的精神，進而揭示出知識分子應該向勞動人民學習的深刻社會主題。全文短小精悍，情節真實可信，通過小事展現深刻的道理，是一篇以小見大寫作手法的成功運用。

作者

魯迅（一八八一年九月二十五日—一九三六年十月十九日），中國現代文學家、思想家、革命家和教育家，新文化運動領袖之一。本名周樹人，原名樟壽，字豫才，浙江紹興人。從一九一八年五月發表中國第一篇白話小說《狂人日記》時，始以「魯迅」為筆名。魯迅的主要成就包括雜文、短中篇小說、文學、思想和社會評論、學術著作、自然科學著作、古代典籍校勘與研究、散文、現代散文詩、舊體詩、外國文學與學術翻譯作品和木刻版畫的研究，對於五四運動以後的中國社會思想文化發展產生一定的影響，蜚聲世界文壇，尤其在韓國、日本思想文化領域有極其重要的地位和影響，被韓國文學評論家金良守譽為「二十世紀東亞文化地圖上占最大領土的作家」。其著作收入《魯迅全集》及《魯迅書信集》，代表作有：小說集《吶喊》、《彷徨》、《故事新編》等，散文集《朝花夕拾》（原名《舊事重提》），散文詩集《野草》，雜文集《墳》、《熱風》、《華蓋集》、《華蓋集續編》、《南腔北調集》、《三閑集》、《二心集》、《而已集》、《且介亭雜文》等。

本文

我從鄉下跑到京城裡，一轉眼已經六年了。其間耳聞目睹的所謂國家大事，算起來也很不少；但在我心裡，都不留什麼痕跡，倘要我尋出這些事的影響來說，便只是增長了我的壞脾氣，——老實說，便是教我一天比一天的看不起人。

得。

但有一件小事，卻於我有意義，將我從壞脾氣裡拖開，使我至今忘記不得。

這是民國六年的冬天，大北風刮得正猛，我因爲生計關系，不得不一早在路上走。一路幾乎遇不見人，好容易才雇定了一輛人力車，教他拉到S門去。不一會，北風小了，路上浮塵早已刮淨，剩下一條潔白的大道來，車夫也跑得更快。剛近S門，忽而車把上帶著一個人，慢慢地倒了。

跌倒的是一個女人，花白頭髮，衣服都很破爛。伊從馬路上突然向車前橫截過來；車夫已經讓開道，但伊的破棉背心沒有上扣，微風吹著，向外展開，所以終於兜著車把。幸而車夫早有點停步，否則伊定要栽一個大筋斗，跌到頭破血出了。

伊伏在地上；車夫便也立住腳。我料定這老女人並沒有傷，又沒有別人看見，便很怪他多事，要自己惹出是非，也誤了我的路。

我便對他說，「沒有什麼的。走你的罷！」

車夫毫不理會，——或者並沒有聽到，——卻放下車子，扶那老女人慢慢起來，攙著臂膊立定，問伊說：

「你怎麼啦？」

「我摔壞了。」

我想，我眼見你慢慢倒地，怎麼會摔壞呢，裝腔作勢罷了，這眞可憎惡。車夫多事，也正是自討苦吃，現在你自己想法去。

車夫聽了這老女人的話，卻毫不躊躇，仍然攙著伊的臂膊，便一步一步的向前走。我有些詫異，忙看前面，是一所巡警分駐所，大風之後，外面也不見人。這車夫扶著那老女人，便正是向那大門走去。

我這時突然感到一種異樣的感覺，覺得他滿身灰塵的後影，剎時高大了，而且愈走愈大，須仰視才見。而且他對於我，漸漸的又幾乎變成一種威壓，甚而至於要榨出皮袍下面藏著的「小」來。

我的活力這時大約有些凝滯了，坐著沒有動，也沒有想，直到看見分駐所裡走出一個巡警，才下了車。

巡警走近我說，「你自己雇車罷，他不能拉你了。」

我沒有思索的從外套袋裡抓出一大把銅元，交給巡警，說，「請你給他……」

風全住了❷，路上還很靜。我走著，一面想，幾乎怕想到自己。以前的事姑且擱起，這一大把銅元又是什麼意思？獎他麼？我還能裁判車夫麼？我不能回答自己。

這事到了現在，還是時時記起。我因此也時時熬了苦痛，努力的要想到我自己。幾年來的文治武力❸，在我早如幼小時候所讀過的「子曰詩云」❹一般，背不上半句了。獨有這一件小事，卻總是浮在我眼前，有時反更分明，教我慚愧，催我自新，並且增長我的勇氣和希望。

一九二〇年七月❺

注釋

❶極短篇小說：又稱微型小說（大陸習慣用法）、掌中小說（日本通稱）、小小說、袖珍小說、瞬間小說、迷你小說等，一般篇幅在二千字以內，如美國霍爾曼（C. Hugh Holman）教授在一九二七年首定義。國內的定義則以瘂弦一九七八年二月十五日在聯副上的按語最具代表性，他指出「極短篇是一個新嘗試，希望以最少的文字，表達最大的內涵；使讀者在幾分鐘之內，接收一個故事，得到一份感動和啓示。」

❷風全住了：風全停了。

❸文治武力：讀書與鍛鍊。

❹「子曰詩云」：「子曰」即「夫子說」；「詩云」即「《詩經》上說」。泛指儒家古籍。這裡指舊時學堂私塾的初級讀物。

❺《晨報．周年紀念增刊》。據報刊發表的年月及《魯迅日記》，本篇寫作時間當在一九一九年十一月才對。

賞析

〈一件小事〉敘寫的是知識分子「我」從一個人力車夫身上看到生活的希望和獲得改造自己力量的故事；作品以懇切真摯的筆致，描繪了人力車夫高大的正面形象，以充滿熱情的歌唱，抒發了作者對城市苦力工人的敬意和讚美。

小說情節並沒有什麼波瀾起伏，看起來甚至有點平淡無奇：拉車的車夫在路上為了攙扶一位被他無意中帶倒、並且自稱「摔壞了」但在雇主眼中卻是在「裝腔作勢」的老女人，而不聽雇主的催促，然後又放棄了生意去幫助這位與自己不相識的老女人，最後雇主「我」深受感動，托警察將車費交與那名車夫。但是就在平淡的情節中透露著作者對車夫這類人的讚揚。

小說中的環境描寫不多，但是都十分成功，如「大北風刮得正猛」、「北風小了，路上浮塵早已刮淨」、「風全住了，路上還很靜」等都是關於對「風」的刻畫，說明當時天很冷，路上幾乎沒有人，就算是撞了人不管不顧逃走也沒有關系，但是車夫並沒有逃避責任，反而放棄生意，攙扶老女人，擔當起責任。這些使得車夫的形象剎那間就偉大起來。

在寫作特色上，這篇文章是以小見大寫作手法成功運用的典型。同時，這篇小說運用對比手法，將車夫和作為雇主的「我」對於同一件事的不同態度進行對照，並且以「我」的前後思想為變化作對比，顯露出「我」自私自利的渺小，映射出車夫的勤勞善良、正直無私、光明磊落、敢做敢當、關心別人的高大形象，表達了作者對於車夫這類勞動人民的讚美之情。這種對比的妙處在於以間接而含蓄的筆墨突出勞動者的樸實無私。在表現形式上，文章好似一篇速寫畫，又近於當代的「小小說」，短小精悍，清新可人而意味深長；情節真實可信，成為現代小說中傳頌最廣的名篇之一。

這篇小說語言並不華麗，語言風格也不似魯迅先生平時那般冷峻嘲諷，反而是屬於那種樸素無華的風格，敘述是也是以淡淡的語氣，甚至有點兒輕描淡寫的感覺，但是這並不影響作者感情的抒發，卻是直接抒發出了「我」同時也是魯迅先生自己對於車夫的敬佩。

〈一件小事〉篇幅短小精悍，內容警策深邃，是一篇影響深遠卻又十分獨特的小說。全文僅一千字左右，描寫的是日常生活中的一件小事，雖只是平凡小事，但也足以反映出魯迅對下層民眾樸素而深沉的愛。作品在歌頌下層勞動人民崇高品質的同時，還反映了知識分子的自我反省，表現出真誠向勞動人民學習的新思想。在五四運動時期能有如此認識是很不尋常的，具有深遠的社會意義。小說的深刻內涵並未寄寓在情節的跌宕起伏及人物關係的幽微變化之中，而是以頗具自傳性的「我」記憶中的一個單獨事件為導引，顯現出圍繞事件、自我、懷疑等主題建構的知識分子心路，值得讓那些高高在上、自以為是的高級知識分子深切反省。

請沿虛線剪下

學習單

班級：＿＿＿＿ 學號：＿＿＿＿ 姓名：＿＿＿＿

問：

一、在生活中，你有遇到過哪些小人物卻有值得我們學習的地方嗎？請把他列舉出來。

二、如果是你不小心騎車撞到人了，你會怎麼處理？

三、請試寫一篇一千字以下的小小說。

答：

請沿虛線剪下

口語表達與寫作

簡報技巧
履歷表與自傳
求職面試
書信
讀書報告寫作

簡報技巧

一、什麼是簡報

現代社會發展多元迅速，不論是個人自我介紹、產品簡介、組織結構、公司行號、學校團體、政府機關……，都需要透過「介紹」的過程，讓目標受眾，正確、清楚，化繁為簡，引起興趣，加深印象，甚至支持投入。基於以上目的，除了簡單的文件製作，搭配口頭報告，現代因為電腦、多媒體的發展，不論文字、圖像、影片、動畫、網路、實體……各種工具和媒材，都能夠讓簡報者，透過練習和掌握，從而充分運用，在準備簡報的過程當中，可以深入了解個案，建立自信，不但有助於展現專業，有效溝通，甚至可以從解答疑惑中，贏得信任，獲得支持。

規劃一場簡報，可以從「構思結構」（如受眾是誰、編一個故事）、「將目的、想法視覺化」（如影片、圖表）、「以媒材呈現」、「觀察回饋意見，解答疑惑」、「有亮點的結束」……等幾個程序，作為規劃的方法。簡報就是要從「資訊材料」、「傳達媒體和方法」、「接受受眾」取得正確、清楚、完整的理解，甚至於引起認同，獲得支持。事先完善的準備，是簡報首要的工作，利用媒體工具，掌握節奏，安排高潮迭起的段落，讓簡報過程盡善盡美。對於受眾提出的疑問，做出令人滿意的解答，最後不要忘記一個雋永美妙的結尾，一定會讓簡報爆表加分。

二、簡報的目的

安排一場簡報，因為目的的不同，可以簡單區分為：

㈠說服目的：提出資料，說服受眾。例如，產品介紹、改變觀念、招收新生、招募資金、投資規劃……。

㈡說明目的：個人簡介、公司介紹、學校介紹、廠區介紹、組織介紹、推廣新科技……。

㈢諮詢目的：利用技巧，透過和受眾互動，蒐集回饋資訊，分析趨勢。

三、簡報的方式

簡報因為環境、人數、方法……不同，會有以下各種的簡報方式，也可能因為狀況需要，混合採用：

㈠口頭簡報：簡報者口頭向受眾做簡報。經常會在小型一對一、移動式參觀的過程中採用，或是臨時需要，來不及充分準備。簡報者的口才和肢體語言，影響很大，受眾對語言的理解，不一定是簡報者想要傳達的品質和內容。口頭簡報甚至會以廣播來簡單傳達。

㈡書面簡報：簡報以前，將內容或是重要的數據圖表，編印單張或小冊，簡報時配合口頭說明，以減少誤解。一般用在規模很大，簡單介紹的場合。

㈢投影片、幻燈機簡報：將簡報的內容、圖表、結構圖、大綱……製成投影片或幻燈片，配合現場解說，成本費用不高，可以重複使用。是筆電多媒體未成熟發展之前，最重要的簡報方式。

㈣電影、電視簡報：將簡報內容製作成電影或電視，成本較高，但是生動活潑。影片結束後，應安排人員解答說明。

㈤多媒體簡報：將文字、表格、圖表、圖像、影像、聲音、視訊動畫各種媒體整合，藉由事先的規劃、安排和設計，達成簡報的目的。

㈥視訊簡報：網際網路的發達，透過視訊也可以達成多國同時參與提案或簡報。此時還要安排文字、語言翻譯，注意聯絡和時差。

四、簡報的結構

簡報的結構應嚴謹不嚴肅，掌握重點不迷糊，必須在有限的時間，利用媒材做正確，又有效的呈現，建立簡報的結構，可以規劃順序，掌握重點。每一場簡報依性質不同，可能會呈現不一樣的項目，其結構可條列如下：

㈠開場布局，介紹自我，介紹主題，提出大綱。

1. 標題：簡報主題。
2. 目錄：大綱。
3. 前言：精華簡介，扼要說明。
4. 沿革：緣起，任務，發展經過，做條列敘述。

㈡主題深入，發展深入的內容，從介紹，比較，特色分析，強化印象。

1. 地理環境，組織介紹，行政結構。
2. 業務介紹，產品特性，功能，優勢表現，差異比較，成本、效益分析。
3. 設備，特殊專利技術，特殊發明。
4. 檢討缺失與展望未來。

㈢歸納結論，總結，回答問題，收集意見。

準備簡報的前提，要把整個邏輯和結構，建立清楚，不要自相矛盾。要賣高級豪宅，就不要強調簡單便宜；要講環保樸實，就不要鋪陳豪華奢侈。前後一貫，邏輯嚴謹，但是說明的方法，要輕鬆愉快，揮灑自如，不要像堆磚塊一樣死板嚴肅。準備簡報應注意事項如下：

㈠內容明確，資料完整確實，詳細收集，適當剪裁，反覆查證，注意資料的時間，淘汰老舊的資訊。

㈡組織論述嚴謹，說明論述有趣。結構邏輯要清晰明朗，價值要一貫，論述盡量不要太刻板生硬。

㈢安排程序，注意先後。每一種簡報，都會有媒材呈現的先後順序，例如蓋房子，會先有構想、集資、買地、整地、繪製建築圖……必須按部就班，不宜跳躍脫序。

㈣整理重點，綱舉目張。一目了然，萬無一失。

㈤化繁為簡，簡明扼要。

㈥適當配合圖表，影音、動畫，讓簡報生動，加深印象。搭配聲音、音樂，甚至和聽眾建立互動性或遊戲性。

五、簡報的準備階段

簡報的準備階段可以依照5W1H的方法，來進行簡報的準備：

㈠WHY：確立簡報的目的。

㈡WHO：確認簡報的對象。

㈢WHAT：擬定大綱，收集資料，閱讀了解資料，去蕪存菁，形成主旨觀點，著手建構。

㈣WHEN：何時簡報，簡報的時間長短，以及時間分配。

(五) WHERE：簡報的地點，場地規劃甚至器材配置。

(六) HOW：選擇製作簡報的工具，進行簡報的方式，特殊效果，特殊材料事先準備。

六、剪過才能報

面對眾多的資料，簡報經過剪裁以後，化繁為簡，才能簡報，不可以大珠小珠落玉盤。如何掌握剪裁資料的原則，要注意以下觀念：

(一)明白清楚：直接了當，避免含糊不清的字句，避免空泛，不宜用冷僻字。

(二)簡潔有力：短勝長，少勝多，不談枝節講重點。

(三)脈絡連貫：脈絡、順序、時間、遠近、邏輯、前後呼應。

(四)取捨得宜：面對複雜龐大的資料，不捨只會造成混淆，應有捨有得。

(五)徵引正確：資料，數字，數據，考實求證。文字，成語，典故也要正確，不可濫用。

(六)內容完備：資料周詳賅備，提出檢討，建議，回答問題，擘畫願景。

(七)態度禮貌：親切，誠懇，同理心。把握分寸，避免官樣文章。

七、投影資料呈現

現代科技進步發達，一頁頁的視覺資料，透過投影呈現，雖然可以增加許多聲、光、動畫、影片連結……，創造簡報的豐富性，讓受眾更容易理解。但是簡報最基礎的元素還是「投影片」，所以仍然脫離不了「文字」和「圖表」。試將「文字運用」和「圖表運用」之注意事項，說明如下：

㈠文字運用

1. 文字敘述力求簡單扼要。用關鍵字取代冗長的論述。字體要大，行數要少。
2. 標題採用粗體，以五－九字為宜，不要使用標點符號。
3. 實物相片或圖畫都勝於文字。
4. 善用數字，但是不要在「投影片」填滿數字。
5. 文字設計不要太花俏，如果不是使用自己的電腦上台簡報，文字字體應以「標楷體」和「新細明體」為宜。
6. 善用文字背景色彩，增強情緒感染力，例如：黑色，有時尚沈穩之感。整張投影片的顏色，儘量不要超過三種。
7. 除非確定受眾全體非常清楚英文縮寫的意義，英文縮寫應謹慎使用。

㈡圖表運用

1. 資訊透過時間和空間的關聯，更具意義，所以流程圖、組織圖、時間表……等，都可以讓資訊更為生動。
2. 圖勝於表，表勝於文，所以圖表自己就能說故事。圖表只須標題，請勿再加上文字解釋圖表內容。
3. 數字之間的複雜關係，盡量以圓餅圖或直條圖呈現，也可以用圖案或動畫取代，讓圖表更生動。
4. 說明圖以一條或兩條曲線為宜，儘量不要超過三條曲線。

八、上台簡報

當一切就序，即將站在簡報台上，不要忘記還有許多臨場的細節，可以讓簡報增色加分：

㈠外表仍然很重要，適當的形象，可以展現專業，又具說服力。

1.衣著：依環境配合，例如，辦公室環境簡報，男性著西裝，女性著套裝；球場介紹，可著運動休閒裝；工廠介紹，著廠區公共安全服裝……，儀態端莊，舉止有禮。

2.情緒：用熱情感染受眾。

㈡留意身體語言與聲音的表現，注意停頓、情感、目光接觸、不卑不亢、節奏快慢、加強語氣，口齒清晰，態度從容，進行簡報。

㈢熟嫻簡報內容和媒體器材，掌握程序，注意時間。情況許可應該事先演練。

㈣注意受眾的現場反應，調整簡報的方式，符合需要。

㈤回答提問，態度誠懇，實問實答。不了解的問題，無法當場回答的問題，請求一段時間後，再提出書面資料補充，取得諒解。

㈥收集回饋意見，追蹤簡報的效果，檢討改進。

參考書目

1.黃俊郎編著《應用文》臺北東大圖書股份有限公司二〇一〇年九月增訂六版一刷

2.張高評主編；王偉勇等編著《實用中文講義》（下）臺北東大圖書股份有限公司二〇一〇年九月初版一刷

3.Jedi林克寰著《簡報原力：邁向完美簡報的十堂必修課》臺北碁峰資訊股份有限公司二〇一一

年七月初版
4. 明道大學中國文學系學系主編《職場應用文》臺北五南圖書出版股份有限公司二〇一三年九月初版一刷
5. 普義南主編；普義南等著《中國語文能力表達—多媒表達》臺北五南圖書出版股份有限公司二〇一七年二月初版一刷
6. 謝寶煖〈簡報輕鬆做〉，資料來源：http://toppresentation.blogspot.com/，瀏覽日期：二〇一九年六月二十五日
7. 謝寶煖〈簡報技巧〉，資料來源：https://is.gd/47zSzW，瀏覽日期：二〇一九年六月二十五日

請沿虛線剪下

學習單

班級：＿＿＿＿　學號：＿＿＿＿　姓名：＿＿＿＿

問：

一、請以「令我感動的名人生命經歷」為題，反思個人的生命經驗與名人深刻的生命歷程，以個人生命經驗與閱讀感受為主軸，製作一份簡報，並上台分享感人且具生命力的生命故事。

答：

請沿虛線剪下

履歷表與自傳

一、概述

履歷表指的是人將出生、經歷以表列的方式寫出，謂之履歷表。這種書寫方式可讓人一目了然，通常用在求職或任職時，使用你的人知道你的背景、專長，作為了解你的參考。而現在申請入學或入學甄試，往往也要填寫個人的資料表格，這種也可以說是簡化的履歷表。

自傳是書面的「自我介紹」，可分為兩類：㈠生平自傳。此類自傳大多以文章來表達自己的人品、個性及理念。㈡求職自傳。此類自傳則是透過自我推銷的方式來突顯自己的長才，以達到被錄取的目的。

二、履歷表的結構與書寫要領

㈠履歷表的種類

履歷表是目前最常用到的求職文書，因此市面上都會有各式各樣的空白履歷表出售，求職者可依自己的需要選購，通常有五種格式：

1. **履歷卡**：小小一張，欄位不多，又稱履歷片，多半用在應徵基層職位，如商店普通職員、工廠工人、工友等使用。（見範例一）
2. **單頁式履歷表**：結構大致與履歷卡相同，但尺寸較大，資料較為詳細，一般公司行號徵求

中級幹部時使用。（見範例二）

3. 履歷自傳表：是履歷卡與自傳的綜合，一般大公司行號徵求重要幹部時使用。（見範例三）

4. 公務人員履歷表：公教人員任職時填寫，內容最為詳細，幾乎是巨細靡遺，往往費時甚久方能填好。（因為此類履歷表篇幅繁多，且市面上甚易購得，故不列範例。）

5. 自行設計：可針對自己需要設計履歷表，惟應謹記不可太過花俏。

(二)履歷表的結構

雖有各式履歷表，但其中也是有共通不可缺少的項目需留心填寫。內容大約可分成四項：

1.個人基本資料；2.職務方面；3.希望待遇；4.其他事項。

1. 個人基本資料

(1)姓名：需填上真實姓名，別號或筆名可用括弧寫在姓名之下。

(2)性別：寫男或女。

(3)年齡：寫實足年齡。

(4)身分證字號。

(5)籍貫：寫上省分與縣市。

(6)通訊處：寫最容易聯絡到的地址。

(7)電話：寫通訊處的聯絡電話，最好再加上手機、傳真與E-mail地址。

(8)學歷：從最高學歷開始寫起，大約寫至高中時期即可。學校、科系均要標示清楚。

(9)相片：最近二吋半身正面相片，背面記得寫上姓名，以免脫落。搞怪的生活照或朦朧的沙龍照要盡量避免。

2. **職務方面**

(1)曾任職務：寫過去的經歷與職位，尤其與此次應徵工作有關的職務更需寫上。若無任職經歷，可寫曾在校內外社團、受訓、檢定或得獎的事實。

(2)應徵職位：寫所期望的工作或職位。

3. **希望待遇**

按目前行情填寫，或填「按貴公司規定敘薪」。

4. **其他事項**

有些需要填寫較詳細的履歷表會列出「健康情形」、「特長」、「供食宿」、「備註」等，現在詳述如下：

(1)健康情形：寫「良好」。若有血型、身高、體重，則一一照實寫出來。

(2)特長：將自己的特長寫清楚，尤其是徵求者所需要的特殊才能要優先寫上去。

(3)供食宿：在「是」或「否」的空格內打「V」即可。

(4)備註：表上未列出的資料都可以在備註欄下註明。如關係人、個人嗜好、參加社團、婚姻、專長、外語能力等。

(三)履歷表範例

1. 範例一：履歷卡

姓名		性別		貼相片處
籍貫		年齡		
學歷				
通訊處	□□□			
電話		E-mail		
曾任職務			身分證字號	
			希望待遇	

2. 範例二：單頁式履歷表

履歷表								
姓名		性別		貼相片處				
年齡	歲	民國 年 月 日						
籍貫		身分證字號						
通訊處		電話						
永久地址		電話						
E-mail		手機		傳真				
健康情形		血型		身高	公分	體重	公斤	
學歷								
經歷（或自述）								
特長								
應徵職務								
希望待遇		供食宿	是		否			
備註								

3. 範例三：履歷自傳表

(1) 封面

貼相片 姓名： 地址： 履歷自傳表 中華民國　年　月　日

(2)第一面

履歷

姓名		性別	
年齡	歲	民國　年　月　日	
籍貫		電話	
通訊處			

自傳書寫內容：

一、家世、出生年月、籍貫。

二、家庭狀況（包括職業及經濟狀況）。

三、求學經過。

四、服務經過（曾任職經過）。

五、性向專長（性向、興趣、專長、宗教、信仰等）。

六、抱負展望（當前之抱負、未來之展望等）。

七、其他。

(3)第二面

自傳

三、自傳書寫要領與範例

自傳和履歷表一樣，都是爭取面試機會的敲門磚，不過它的書寫方式與履歷表不盡相同。履歷表是表格式的，把求職者的學、經歷以扼要而完整的方式呈現出來，自傳則是文章式的，必需藉由生動充實的文字內涵來突顯求職者的工作態度與學歷涵養，進一步吸引公司主管的注意。因此自傳的書寫與履歷表同樣重要，應該慎選可以表現自我長處的材料，篇幅不宜過長或過短，大約一千字為佳。以下分述自傳寫作大綱與要領：

㈠自傳結構

自傳內容必需段落分明，不能通篇一氣，一個段落到底。一篇至少要有三段結構，如果是應徵高階主管則內容應更加充實，則宜區分四段至五段內容。內容應包含家世或家庭狀況、求學過程、就職經驗、人際關係以及自我評價，最後再加上對應徵工作的高度興趣與期望。

㈡撰寫自傳要領

1. 構思要周密

寫自傳之前即應先想好：即將應徵的工作性質為何？自己的學經歷有哪些可以配合？如何分段敘述？怎樣表達才能恰如其分？這些問題在執筆之前就應想清楚，寫出來的自傳才不致零落散漫。

2. 要有重點

自傳與一般文章一樣，必需有一個焦點。自傳的焦點無疑就是彰顯自己的長處，與從事所應徵工作的絕佳能力，行文之時即應時刻朝這個目標書寫。

3. 行文要具體確實

陳述學經歷的時候要有條理，可以採取從小到大、自先而後或者由近而遠的方式敘述。亦即是陳述在學狀況，可採從中學至專科學校，以至大學的順序書寫。敘述家庭與交友的實況，可依序從雙親、兄弟姊妹、師長、同學、朋友等由親至疏的次序來表示你的人際關係。在敘述當中，也可乘機列出曾經獲獎、考取執照的紀錄，讓主管對你的能力刮目相看。

4.行文要流暢

自傳乃是陳述個人的工作態度與人生抱負，如果行文流暢通順，可間接反映求職者的思路敏捷，做事井然有序，定會留給考官很好的印象。

5.語氣積極而平實

行文語氣宜不卑不亢，以樂觀、進取的語氣贏得考官的信任，對應徵公司也要表達高度參與的意願。雖然自傳是自我推銷的文書，然也不能過度吹噓膨脹，寫出莫須有的事情，免得面試時被人一眼看穿，反下不了台。

6.書寫工整、格式整齊

如果是手寫的自傳，則應保持字體的端正整齊，若有修改也需擦拭乾淨，或者換紙重寫，且要避免使用錯別字與簡體字。如果是電腦排版的自傳，字體盡量以十二級數的新細明體編排，段落縮排與間距力求整齊劃一，讓考官可輕鬆閱讀。

㈢自傳範例

1. 錯誤示範（應徵飯店公關）

我是周健偉，出生在雲林縣斗六市，在家排行老大，家裡的長輩都很器重我，底下的弟弟、妹妹都必需聽我的話，不然我會「休」（修）理他們。父母是茶葉經銷商，工作十分忙碌，所以偶爾我也會到店裡幫忙，只是大部分的時間，我喜歡和朋友騎機車兜風，所以只要有朋友來斗六找我，我都會「一意孤行」（義不容辭）當起「響」（嚮）導，帶著他們吃喝玩樂。

在學校我讀的是觀光與餐飲旅館系，成績不好不壞，參加好幾個社團，擔任過舞蹈社的副社長，和社長「發」（花）了很長一段時間，總算把舞蹈社拉抬起來，成為學校數一數二的大社團，這是我十分自「毫」（豪）的成就。我的父母從小便鼓勵我多交朋友，多出外增廣見聞，因此資助我不少金錢到世界各地旅遊，從而了解各國的風土「明」（民）情。

我的個性開朗樂觀，很少有什麼事情可以讓我沮喪三天，這是我的最大優點。因為這樣的特質，使我不在乎挫折，可以不斷上進。「中」（衷）心盼望主管可以賞「示」（識）我的工作能力，如果有機會進入貴公司，我會努力學習一切事務，希望貴公司能給予我面試的機會，只要給我機會，就可以認識到我是多麼優秀的人才。我有信心接受任何挑戰，也相信貴公司能夠「惠」（慧）眼識英雄，就讓我「試」（拭）目以待吧！

2. 正確示範（應徵環保局檢定員）

我是游之軒，家住彰化，畢業於○○科技大學環管系。在學期間，除了努力學習本科系的必修課程外（成績詳見履歷表附件），還利用課餘時間報名各種與環管有關的研習營或訓練班，例如廢水處理專責人員訓練班、空氣汙染防制專責人員訓練班、機動車輛噪音檢查人員訓練班等，已考取汙水處理乙級證照，通過電腦Excel檢定、全民中級英檢與公務員普考，對未來想要從事的工作充滿高度的熱忱，也有充分的信心。

就學階段曾擔任系學會會長，帶領系裡的幹部舉辦過無數次的校際活動，從中學習和老師、同學溝通的技巧，體認到團隊默契與互助合作的重要性，在管理組織方面頗有心得。平常跟著師長們上山下海，無形中也培養出觀賞大自然美景的嗜好，對於恣意破壞自然生態的作為，倍覺痛心，立志在有生之年，一定運用我的專業知識，好好保護大自然。

我的性格開朗樂觀，人際關係良好，身體也十分健壯，受挫力較一般人來得高，更有一顆積極進取的心，願意迎接各種挑戰。未來若有機會進入環保局服務，我一定會不斷進修，以提升自己的專業知識，努力向前輩及主管們效法請益，並把分內的每一件事做到最好，懇請環保局給予我面試的機會。

求職面試

一、概述

面試是企業挑選員工的重要方法，求職過程中的重中之重，以面談的形式來考察求職者的工作能力以及其他的綜合素質，透過面試官與求職者的交談與觀察來決定是否錄取，同時，面試也為企業與求職者提供雙向交流的機會，求職者亦可藉由面試的機會了解企業及職缺內涵，以便決定是否應聘。

對於求職者而言，面試求的是短時間締造良好的印象，讓對方知道我有你需要專業與能力，因此答問時，要針對工作的需求，並非單方面表達自己想表達的，空洞的主張與特質形容詞是致命傷。想在面試的過程中脫穎而出，需要事先的準備與不斷的練習，才能在當下有良好的表現。

二、求職面試基本要領

對於初次求職的社會新鮮人而言，從蒐集資訊、選擇應徵機構、寄出個人履歷自傳直到對方通知面試，這段過程無疑是冗長而繁複的。如何按部就班的做事前準備，才能爭取各種可能到來的面試機會，關於面試的基本要領分別介紹如下：

(一)善用求職管道

求職者開始找工作時，應先了解哪裡有就業資訊，目前求職管道多元，面對林林總總的求職方式，必須了解各管道之優缺點，並針對行業類別及個人需求來選擇，才能有效率的找到工作。

求職管道	內容說明	優點	缺點
報章雜誌分類廣告	傳統求職之首要管道，門檻低，歷史悠久	大量發行，資訊取得方便，職業分類多樣化	版面有限，無法充分了解職缺相關資料，須以電話聯繫，效率不高，且未經篩選，求職陷阱多
官方就業服務機關	勞動部勞動力發展署之就業服務中心，全國均有據點，可前往登記求職	政府輔導就業，經過篩選，可避免求職陷阱	工作機會與區域受限
人力銀行等求才網站	為目前主要求職管道，近年來公民營求才網站越來越多，較有組織者如：104人力銀行，1111人力銀行，勞委會「全國就業e網」等	可依職缺、地區檢索搜尋，可上傳履歷資料，媒合速度快，資訊豐富	使用者多數為年輕人，網路族，須有網路及基本電腦操作技巧

求職管道	內容說明	優點	缺點
人力仲介公司	民營企業，主要業務為提供企業人才資料庫或代理企業徵才，資料庫來源為主動蒐集或接受登記建立	專業有效率之求才管道，資料永久性建立	此類仲介公司良莠不齊，使用時須審慎選擇
就業博覽會	常見的就業博覽會以攤位形式呈現。畢業生可直接備好履歷，參加各企業攤位的現場面試	經過篩選，免除求職陷阱，方便求職者一次面試多家公司	人潮眾多，較難聚焦，求職者只能就攤位簡介了解招聘公司，無法實地觀察公司現況
師長親友引薦	透過熟識的親友引薦，成功機率大	免除求職陷阱，安全無顧慮	有人情壓力

(二)事前充分準備

1. 養足精神，保持神清氣爽
2. 提早十分鐘抵達面試地點
3. 穿著正式服裝，儀容整潔
4. 做好產業研究
5. 攜帶指定之證照與相關作品

6. 熟習面試必考題

㈢面試當下的表現

1. 一分鐘吸引目光

著名設計大師De Lucchi先生說過一句名言：「一個人永遠不會有第二次機會再給人第一印象」，如何在一分鐘內留下好印象，開場的自我介紹很重要，要在簡短的時間，有效、充分、又簡潔的表現自己，讓人心生好感且印象深刻，進而獲得主考官的青睞而錄用。自我介紹的內容盡可能簡單扼要提到幾個面向：個人簡介、所學專業、工作經歷、對未來工作的展望等等，表達切忌冗長無重點，會使主考官失去聆聽的耐心。

2. 用實例突顯自己，少用抽象的形容詞

介紹自己時，盡量避免浮誇，不宜用「很」、「最」等詞語來讚美自己，例如「我做事很認真負責」、「我是成績最優秀的一個」，語帶驕傲反而會引起對方的反感。可以改為舉實例說明：「打工的時候老闆很信任我，甚至把店門的鑰匙交給我保管，每天我都是最早開門，最晚下班的那一位。」實際證明你的認真負責，比浮誇的形容更具效力。談論自己的工作能力時，也盡量舉實例，例如節省了多少時間、經費、改善成效、為公司帶來多少利益，用事實來突顯自己的工作能力，錄取機率大增。

3. 好牌留到後頭

讓主考官對你的看法漸入佳境，若有任何豐功偉業，切記不要在開場時說，會給人一種自我吹噓的感覺，留在後半段再慢慢鋪陳，反而會讓人產生謙虛真誠的印象，影響主考官最後錄用與否的決定。

4.言談間自信有禮

談自己並不難，但大多數人因為靦腆害羞，缺乏勇氣與自信來推銷自己。面談時充滿自信地介紹自己，可以讓對方對你產生好感，而說話自信與否，更是主考官選擇人才的首要關鍵；而談話禮節在面試場合尤其重要，可在自我介紹前，先做適當的開場，例如：「您好，謝謝您給我這麼好的機會，現在，我向您做個簡單的自我介紹。」說完後向主考官道謝，並向在場其他面試人員表達謝意。這可以帶給對方很好的印象。

三、求職面試禁忌

面試現場必須在短時間建立良好印象，如何能在求職的戰場上安全的避過地雷，避免因小失大，提前出局，以下的禁忌絕對應該避免：

1. 遲到
2. 穿著不當
3. 親友陪同
4. 態度輕蔑、回答草率
5. 迫不及待詢問待遇與福利。
6. 過度高傲或謙卑
7. 批判時事或師長主管
8. 發問語氣不佳、舉止失態

四、求職面試種類

根據面試內容與要求，大致可分為以下幾種，求職者必須事先了解面試的種類與方式，才能預先準備與練習。

(一)個別面試

為面試最常見的一種形式，由主考官直接與一位面試者面談

1. 一對一面試：小型機構採用，職位較低階。
2. 多對一面試：較大機構採用，由數位主考官輪流出題詢問。

(二)集體面試

常用於大型機構之徵才活動，通常會一次邀請多位求職者一起進行面談或小組討論，集體面試效率高，方便機構快速篩選人才，亦可藉由討論、主持會議等形式，觀察求職者的人際互動、組織領導與應變能力，常用於高階職務之聘任。

(三)測驗面試

面試當天參加測驗或考試，考試類別通常有語文能力，技能，心理或性格測驗，用來了解求職者之所學所能與人格特質。

(四)綜合面試

綜合應用以上幾種面試方式，甚至安排數次面試以篩選人才。

五、面試必考題

各行各業，職缺項目林林總總，面試的考題不外乎與求職者的5W1H有關。

「who—你是誰？（自我介紹）」

「why—為什麼來應徵本公司職務？（工作動機）」

「what—你了解職務內容嗎？（職務內容）」

「how—你如何能做好這份職務？（列舉學歷背景和專業）」

「where—你要往哪裡去？（生涯規劃與個人志向）」

「which—你有哪些經驗、特質、優缺點？（列舉個人優缺點、成功或失敗經驗）」

主考官設計問題用意在於，藉由求職者對這些問題的回答，了解其背景、專長、人格特質、工作態度等細節，對求職者而言，了解這些問題背後的意義至關重要。

以下列舉十大面試必考題：

㈠請你自我介紹一下

通常用來作為面試的開場，用來幫助主考官快速了解求職者背景，觀察求職者的表達能力與邏輯思維能力，而就求職者本身，自我介紹的重點在於能否在短短數分鐘內展現自己的強項，讓主考官留下好印象。自我介紹切記不要如流水帳般的介紹身家細節，應盡量扣緊工作主題，首先要思考，你有哪些這個職位非有不可的特質或經歷，你的專業強項在哪裡?在你的人生規畫中你打算如何在工作中施展你的專業

㈡談談你的優缺點

優點的部分，若能與應聘職缺相關，最為加分，而缺點的部分，直接回答易掉入陷阱，可以說出一些對於應聘工作無關緊要的缺點，避免留下不良印象。

㈢談一談你的一次成功或失敗經歷

主考官想藉由此問題了解求職者面對成敗是否有正確的態度，因此談及成功的事件切勿自滿，談及失敗的經歷，不宜說出嚴重影響應聘工作的經歷，可委婉表達面對失敗不屈不撓的心態。

㈣你為什麼選擇我們公司？

主考官想藉由此問題了解求職者的求職動機與工作態度，建議從產業前景、企業本身、職位這三個角度回答。

㈤對這項工作，你有哪些可預見的困難

不宜直接說出具體困難，一旦提出，又無具體解決方法，可能令對方懷疑求職者的能力，可以嘗試說出對困難採取的態度，例如：工作中出現困難在所難免，只要有決心，事先做充分的準備，配合良好的溝通合作，一切困難都可以迎刃而解。

㈥如果我錄用你，你將怎樣開展工作

如果求職者對於應聘職位缺乏了解，最好不要直接說出具體計畫，可以概略說明工作的要點，例如：接觸一個新的職位，首先應迅速熟悉工作內容，聽從上級的指示與要求，並擬

定近期的工作計畫，提報上級批准後，根據計畫開展工作。

(七)與上級意見不一，你將怎麼辦？

主考官想藉由此問題了解求職者的危機處理能力，一般可以這樣回答：我會給上級必要的解釋和提醒，對於非原則性的問題，我會服從上級的意見，對於涉及公司利益的重大問題，我希望能向更高層級的主管報告。

(八)你是應屆畢業生，缺乏經驗，如何能勝任這項工作？

應屆畢業的新鮮人雖然缺乏正式的工作經驗，但其優勢為年輕、適應力、學習力強，可由這些點來發揮，另外若有打工與社團等相關經驗，也可以提出強化自我的優勢。

(九)您在前一家公司的離職原因是什麼？

避免把離職原因描述的太負面，太具體，也應避免批評前公司制度人事，求職者的表達內容重點在於，讓主考官安心，過往單位的離職原因，在此家招聘單位是不存在的。

(十)還有什麼問題想要發問的？

參加面試，光會答題是不夠的，遇到主考官考你提問技巧，事前未充分準備，往往會出現兩種狀況，一是放棄提問，二是問錯問題。提問的重點是：多詢問工作相關的問題，可以展現你對工作的積極態度，如：更細節的工作內容，適任所要具備的條件，主管的管理風格，公司的期待等等，切勿提出一些瑣碎的問題，如：幾點上下班？有加班費嗎？讓人感覺格局太小，斤斤計較。

請沿虛線剪下

學習單

班級：＿＿＿＿　學號：＿＿＿＿　姓名：＿＿＿＿

問：

一、關於求職面試，你認為最難掌握的是哪一個部分？如何克服？

二、若你即將畢業，你會尋求何種管道開始找工作？

答：

請沿虛線剪下

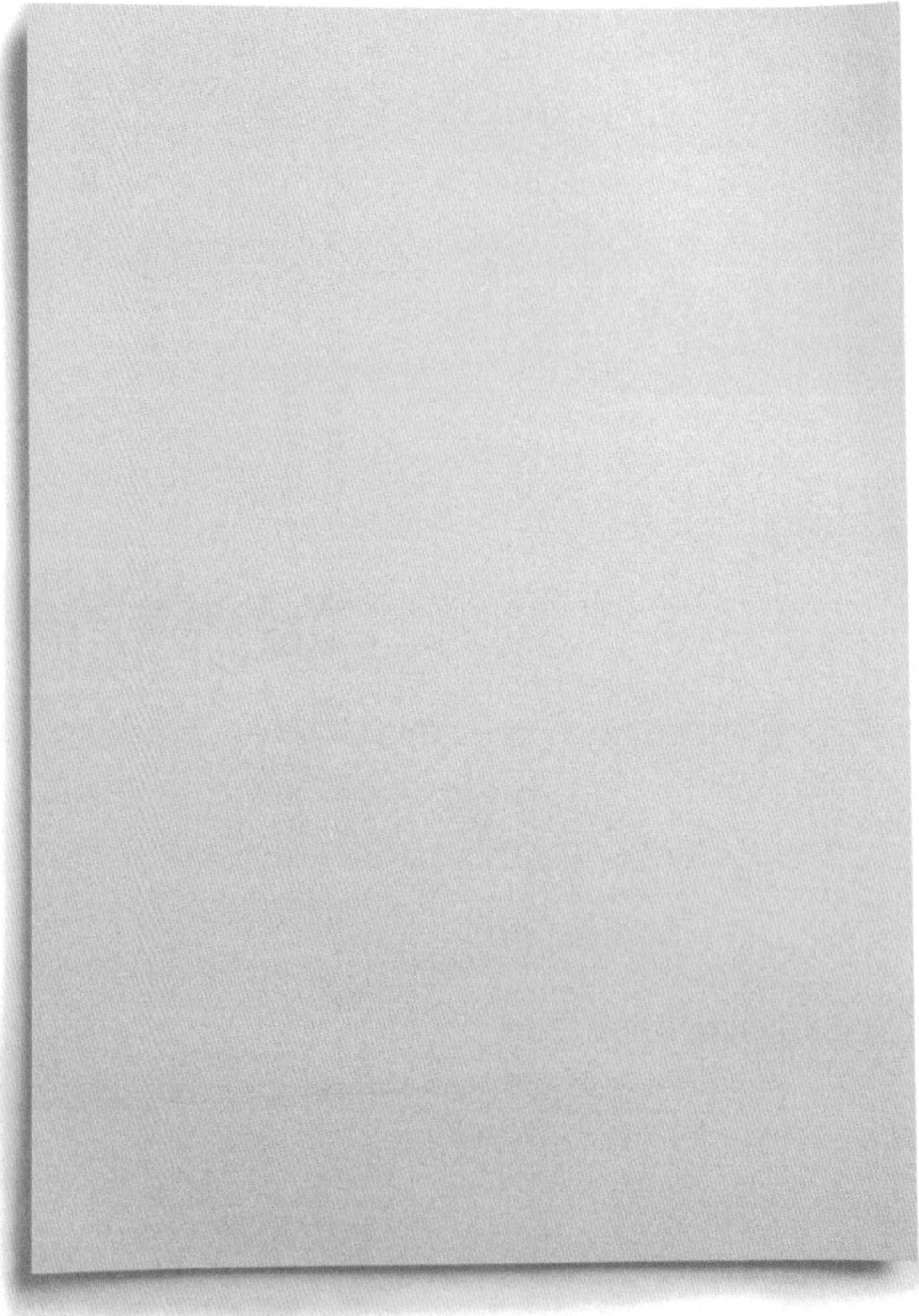

書信

「書信」，是人類藉由文字來表達情感，傳遞信息的重要工具。數千年來，承載著人際之間思想與智慧的交流，情感與觀念的溝通，不論是兒女情長或是思鄉敘舊，不論是布達命令或是經驗傳承，「書信」都扮演重要的角色。

據今人張仁青先生收集分析，書信因為所承載的材料、書寫的工具、裝藏封套與尊卑稱謂不同，曾經分別以「簡、書疏、尺素、刀筆、玉函、魚雁、嚴諭、來書……」等七十六種名稱出現。今統一以「書信」稱之。

就書信外部所呈現的性質、結構和形式，可以作以下的分類：

1. 依照所要傳達信息的內容而論，可以分為「對人」與「對事」。
2. 依照所使用的文體，可以分為「文言」信和「白話」信。
3. 依照傳媒特性，可以分為郵遞信、轉交信（由於不知收信人住址，先郵寄給轉交者，再轉交收信人）、託帶信（發信人親交託帶人，再由託帶人轉交收信人）、傳真信、電子信件甚至於手機簡訊。
4. 依照結構，可以分為書寫投遞資料的「信封」（寫在信封上的文字稱「封文」）和書信所要傳達訊息的「信箋」（寫在信箋上的文字稱「箋文」或「信文」）。
5. 依照書寫文件來區分，可以分成由信封、信箋合併而成的書信、單張郵簡（整張紙幅折疊而成，背面書寫箋文，折出正面書寫封文），以及明信片（單張卡紙，正面書寫封文，背面書寫箋文）。

本節擬從結構來說明書信書寫與應用的格式，以便於充分理解運用。

書信的結構可以分為書寫投遞資料的「封文」和書寫傳達訊息內容的「箋文」（亦稱信文）兩部分來分析。

一、封文的結構

封文是書信發信者、傳遞者、收信者以及傳遞方式、傳遞位址……等資料的註記。因為信封直式（中式信封）和橫式（西式信封）的不同，應該加以區別。同時也因為郵寄、轉交和託帶的不同，分別有不同的書寫方式，需要另加說明。

㈠中式信封郵遞信

中式信封可以分成「框右欄」、「框內欄」、「框左欄」、「天間」和「地間」五大欄位。信封封套以素白為宜，如果用在表示哀戚，需將紅色框線塗換成黑藍色。過去書信的封文書寫，為了表示「人間」之事不能高於「天間」和「地間」，天間和地間都不能有文字。因應現代化的需要，「天間」和「地間」陸續增加「郵票黏貼」、「郵遞區號」（天間右側為收信人、地間左側為寄信人），同時在天間郵票黏貼上方，還可以註記郵件傳遞的其他資訊，例如：限時專送、掛號、印刷品……等。

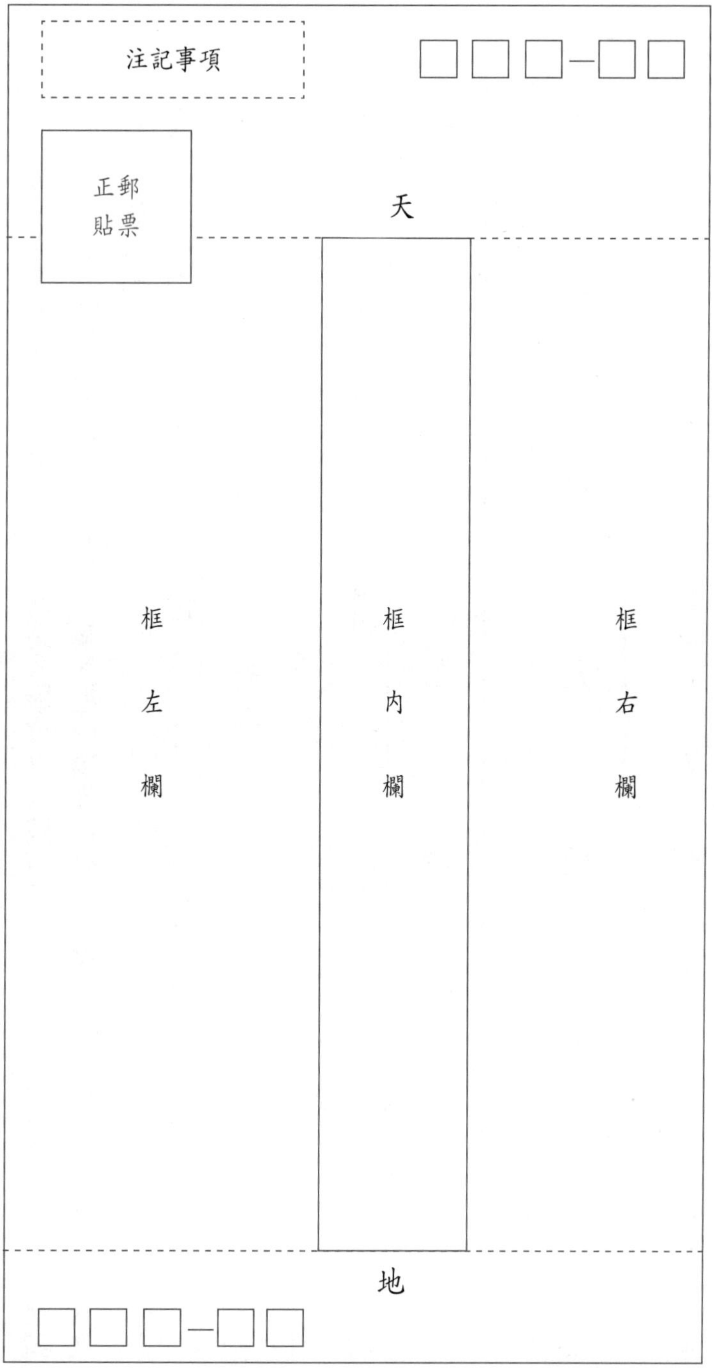

1. 框右欄：書寫收信人地址。又可細分為收信人所居住的縣鄉城鎮、街路名稱、里鄰巷弄、門牌號碼和服務機關名稱。框右欄文字越接近框內欄，位置要越高，但是框右欄文字的高度應比框內欄收信人的姓氏略低，而且字體應比框內欄文字略小，以表示尊重。以寫成兩至三行為宜。框右欄例如：

雲林縣 斗六市
鎮南路 1121號 環球科技大學

2.框內欄：應書寫收信人的姓、名、稱謂或職位以及啟封詞。我們應分為「姓、名號、稱謂或職位」加「啟封詞」這兩部分來討論。框內欄先以略大字體書寫收信人的「姓」，其次有如下數種組合：

(1)採用一般通用的「先生」、「小姐」、「女士」、「君」……等寫法，例如：

王 大明 先生 鈞啓

(2)採用收信人姓、名加職稱結合，例如：

王 大明 教授 道啓

王 教授 大明 道啓

(3)對於尊長直呼其名覺得不恭敬，不稱呼名字又無從投遞，可以將名字以偏一側書寫，此為框內欄「敬抬」的運用，又稱為「抬側」、「側書」，例如：

王　教　授　大　明　道啓

「側書」使用於對受信人的尊敬與禮貌，只能使用在收信人的「名」或「字號」，不可用在收信人的稱呼或職位（例如將先生、教授……等側書，為錯誤用法），也不可以用在啟封詞。而且「側書」只能使用在收信人「姓加職稱加名」結合的形式，如果使用如「姓加名加職稱」或是使用「先生」、「小姐」、「女士」、「君」等通用稱呼，都不宜使用「側書」。

(4)啟封詞是收信人開啟信的態度，寫一個「啟」字即可，更進一步可以在「啟」字以前，視寄信人和收信人的關係、輩分另加一字，以表示尊重。例如「福啟」是指「有福氣的收信者來開啟」；「安啟」是指「平安的收信者來開啟」，準此推論，常見的「敬啟」、「恭啟」都是要收信人「恭敬地開啟」，所以都是錯誤的啟封詞。以下是常用的啟封詞：

類別	對象	啓封詞
對長輩	直系血親	福啓、安啓
	一般親友	賜啓、安啓、鈞啓
	師長	道啓、安啓、鈞啓
	政界	勳啓、鈞啓
	直屬長官	賜啓、勳啓、鈞啓
	商界	賜啓、鈞啓

類別	對象	啓封詞
對平輩	兄弟、夫妻	啓
	親戚、朋友	台啓、惠啓、親啓
	政界	勳啓、鈞啓、台啓
	軍界	勳啓、鈞啓、台啓
	商界	鈞啓、台啓、賜啓
對晚輩	學界	道啓、台啓、文啓
	直系血親	收啓、啓
	一般親友、下屬	收啓、大啓、啓
其　他	方外人士	惠啓、道啓
	居喪者	禮啓、素啓
	收信人親拆	親啓、密啓

名信片並無「啟」的行為，所以只能用「收」字。

3. 框左欄：書寫寄信人詳細地址，除存證信函或是掛號信，依現行郵政規定需書寫姓、名，否則只要書寫姓加上封緘詞即可。對於長輩，封緘詞可用「謹緘」、「敬緘」，其他可用「緘」或「寄」字。框左欄書寫，可分成一至二行，第一字應低於框右欄文字的高度，第二行再略低於第一行，框左欄例如：

雲林縣　斗六市　雲林路
二段　515號　林緘

4. 整體來說，「封文」通常寫作四行或五行，不宜寫作三行。俗云：「三凶四吉五平安」。

因為報凶書信多匆忙揮就，但求快速送達，無心講究行款格式，所以如果不是報凶書信，應該盡量寫滿，一方面使收信者立即了解來信並非凶訊，另一方面也表達寄信者的誠意。

以下試舉中式信封為例：

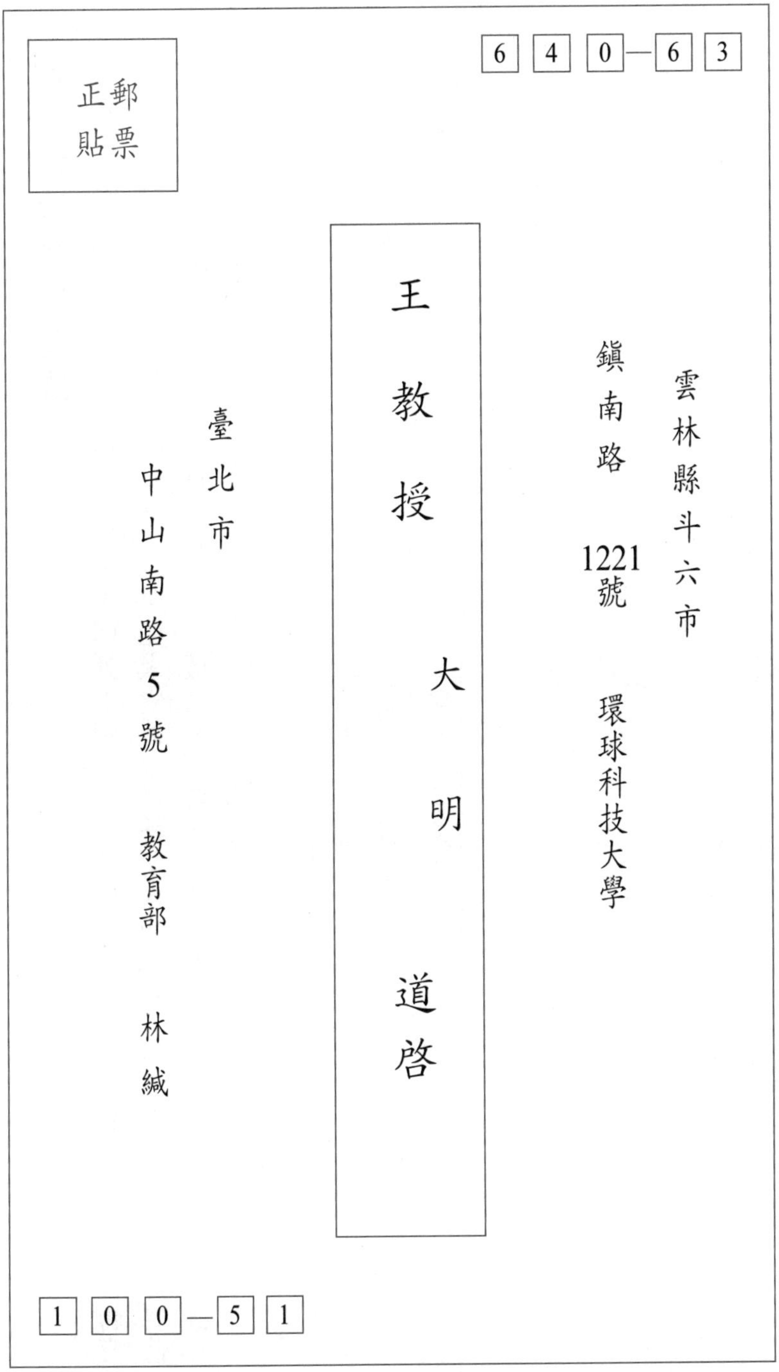

(二)中式信封轉交信

轉交信是由於不知道收信人地址，因而郵寄到轉交人地址，再由轉交人轉交的書信。轉交人的姓名、稱謂寫在地址的隔一行，如果受信人是轉交人的長輩，轉交人開頭的位置要低一格，否則轉交人書寫位置與收信人一樣高。在轉交人姓名、稱謂之後，需加注轉交語，轉交語需「挪抬」（同一行，空一格）以表示尊重，轉交語例如：

對長輩	請轉呈、煩轉呈
對平輩	請轉交、煩轉交
對晚輩	請擲交、煩擲交

以下試舉轉交信為例：

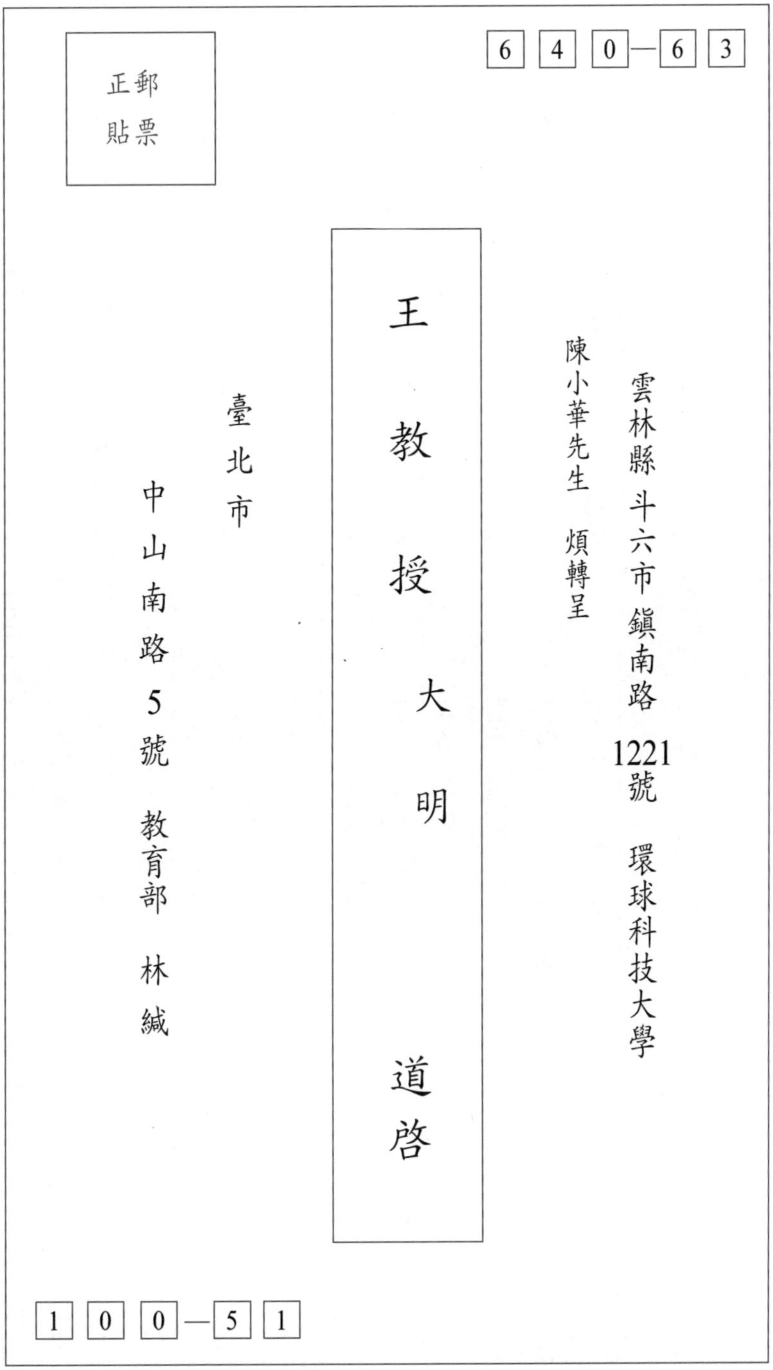
640-63
郵票正貼
雲林縣斗六市鎮南路1221號 環球科技大學
陳小華先生 煩轉呈
王教授大明 道啓
臺北市
中山南路5號 教育部 林緘
100-51

㈢中式信封託帶信

託帶信是託人代為轉交的信件，由發信人親自交給託帶人，不經過郵遞，由帶信人交給受信人。

1. 框右欄：託帶信的框右欄要寫上「請託詞」，如果除了信件還有附帶其他物品，還可以加注「附件詞」。請託詞需依照發信人、帶信人與受信人三者的關係而定。請託詞由「請求敬語」和「交遞語」所組成。長輩對平輩可以省略請求敬語。常用請託詞如下：

發信人	帶信人	受信人	請託詞　請求敬語加交遞語
長輩	平輩	平輩	面交、煩交
平輩	平輩	長輩	敬請　面陳、煩請　面陳
平輩	平輩	平輩	敬請　面交、煩請　面交
平輩	平輩	晚輩	敬請　擲交、敬請　帶交
晚輩	長輩	長輩	敬請　袖交
平輩	晚輩	平輩	面陳、面交
平輩	長輩	平輩	敬請　擲交、吉便　擲交
長輩	晚輩	晚輩	懇　飭送、懇　擲交

需要受信人由帶信人帶回覆函件，請託詞「交遞語」部分可以更改成：

帶信人	請託詞 請求敬語 加 交遞語
長輩	敬請 回呈、敬請 藉呈
平輩或晚輩	敬請 回交、回交、回致、藉覆

託帶信人一般可以不用註記帶信人的姓名、職稱，有時候為了方便受信人稱呼帶信人，可以寫上帶信人的名字，但不稱姓。帶信人的名字位置高低要以帶信人與受信人長幼尊卑而定，帶信人是受信人的晚輩，帶信人的名字位置需略低於收信人。框右欄舉例如：

敬請 小華世兄　面呈
外相片一張 敬請　吉便帶交
藉覆

2. 框內欄：需書寫受信人的「姓名」、「稱呼」、「收件詞」或「啟封詞」。書寫原則如下：

(1)發信人與受信人有直系親屬關係，「名、字、號」都不寫，只寫對人的稱謂或加尊語，例如「家嚴大人」。

(2)帶信人是長輩，受信人只寫姓與稱呼，例如「李兄」。

(3)帶信人是平輩或晚輩，受信人只寫名與稱呼，例如「大明世兄」。

不封口的託帶信需寫「收件詞」，對晚輩用「收」字，對平輩用「台收」，對長輩用「賜收」。如果有攜帶附件，則皆用「檢收」、「查收」或「驗收」。有封口的託帶信需寫「啟封詞」，對晚輩用「啟」或「收啟」，對平輩用「台啟」或「大啟」，對長輩用「賜啟」。如果有攜帶附件，則皆用「檢啟」、「查啟」或「驗啟」。

3.框左欄：發信人需寫上「自署」、「拜託詞」和發信日期。「自署」和「拜託詞」視發信人和帶信人之間的關係來決定。為表示尊重發信人可以署全名，也可以僅署名字以表示親密。「拜託詞」則需考慮帶信人的輩分，例如：

發信人	帶信人	自署與拜託詞
長輩	晚輩	○○○託
平輩	平輩	○○○謹託、○○○敬託
晚輩	長輩	○○○敬託

發信人要註明發信時間，可以用略小字體，寫在拜託詞的右方或右下方。如果要帶信人攜回覆函件，除了在框右欄使用請託詞「交遞語」之外，也可以在框左欄左上角注明「候覆」兩字。此時框右欄就無須再註記「回交、藉覆」等字。框左欄舉例如下：

候　1月1日
覆　○○○敬託

4.託帶信專送：託帶信有時候發信人會派晚輩專人送達，稱為託帶信專送。此時框右欄可以只寫專送詞。舉例如下：

藉覆

貴上　台啓

名內詳

㈣橫式（西式）信封

橫式信封原為西方人書信的常用格式，信封上沒有紅色長方型的框內欄，常見的書寫形式如下：

1.直式直寫：把橫式信封豎直，沒有紅色框內欄，其他書寫方式和直式信封一樣。

2.橫式直寫：維持橫式信封的原貌，但是封文書寫比照直式信封直寫，但是此種書寫方法，行

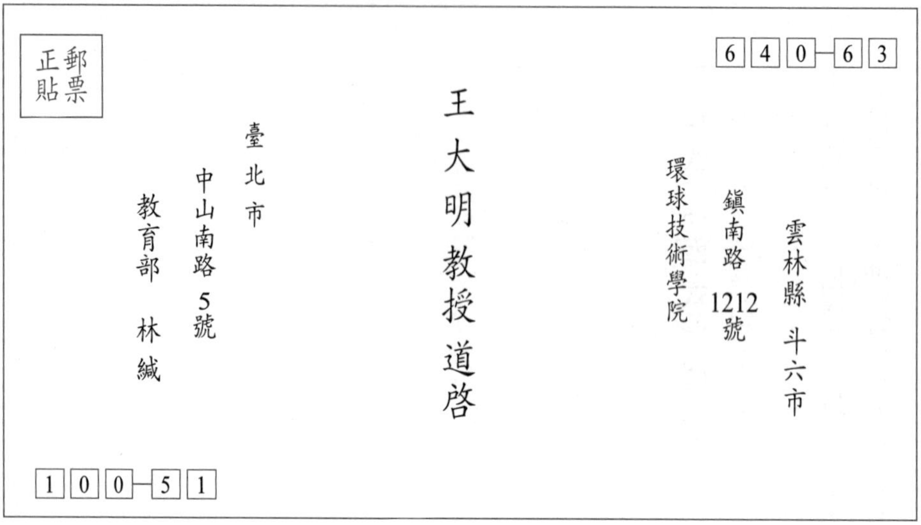

段過多，分配不勻稱，應盡量不要使用。

3. 橫式橫寫：左上角書寫發信人郵遞區號、地址、姓氏與緘封詞。中間部分先寫收信人郵遞區號、地址，再寫姓名、稱呼與啟封詞。地址的第一行字不應超過收信人的「姓」，郵票貼於右上角，左下角可註記例如：限時專送、掛號、空運、海運……。

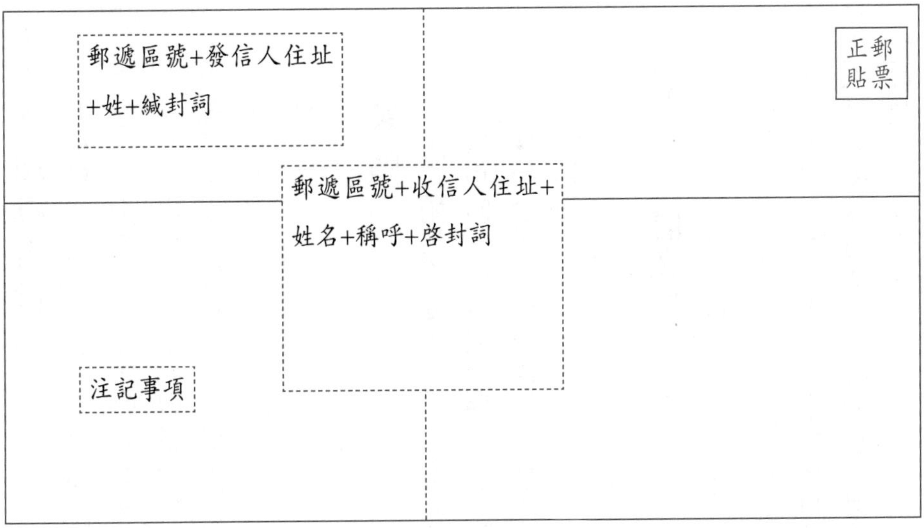
郵遞區號+發信人住址
+姓+緘封詞
郵票正貼
郵遞區號+收信人住址+
姓名+稱呼+啓封詞
注記事項

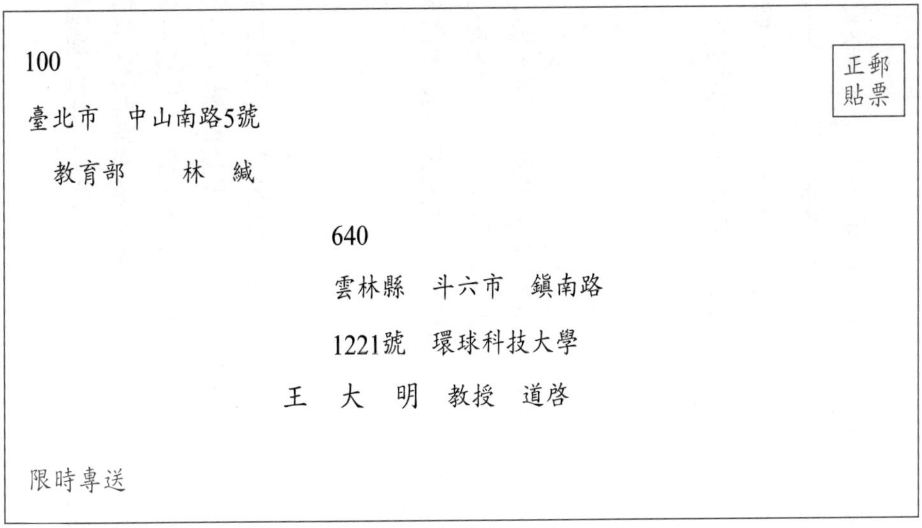
100
臺北市　中山南路5號
教育部　　林　緘
郵票正貼
640
雲林縣　斗六市　鎮南路
1221號　環球科技大學
王　大　明　教授　道啓
限時專送

㈤郵簡與名信片

郵簡與名信片皆分直式與橫式，封文結構與直式、橫式信封相同，郵簡內面書寫箋文內容，經折疊後，外面就是封文結構。名信片背面就是箋文內容，不加封套，所以名信片封文的框內欄不使用「啟封詞」，而用「收件詞」。對長輩用「賜收、鈞收」，對平、晚、輩用「收、台收」。同時在框左欄亦不使用「緘封詞」，而用「寄、謹寄」代替。名信片既不正式，又不具保密作用，除一般俗成的旅遊風景名信片外，不宜作為與長輩的通信工具。

㈥柬帖

多用在婚喪喜慶，常用的形式為卡紙式加封套以及單張折合兩種。柬帖的封文結構與一般書信相同，但是框內欄的「啟封詞」不用書寫，只寫受帖人的姓名、稱呼即可。喪家訃聞多採折合式，框內欄記受帖人不用寫啟封詞，框左欄記具帖人只要書寫住址、電話，不用寫緘封詞。

二、箋文（信文）的結構

箋文是書信內容的主體，不論是抒發情感，批評議論，學術交流或是敘事論理，古今中外，行之久遠。雖然箋文的主要意旨是確實傳遞訊息，長久以來，也因為要力求條理清晰、通情達意、禮儀尊崇、辭藻術語……等種種理由，演進出特定的文書格式。從書信的旨要而言，當然不能因為遷就辭藻格式而以辭害意，但是掌握應用文書，充分了解箋文格式的意義以及運用，也是不能或缺的基本訓練。

以下試擬書信一封，以利說明：

箋文結構												
前段文				中段文	後段文							
稱謂語	提稱語	啓事敬辭	開頭應酬語	箋文本文	結尾應酬語	結尾敬詞	並候語	自稱、署名、末啓詞	時間	附代候語	附件語	補述語

母親大人尊前，謹稟者：叩別
慈雲，瞬逾旬日，孺慕彌殷，時切馳依。前月二十五日，女離開臺北，南下赴校辦理入學手續。承　大明表兄協助，順利圓滿。因開學事繁，致稽稟候，務祈
曲諒。今後必焚膏繼晷，埋首苦讀，爭取最好的成績。時序入秋，氣候多變，伏望　起居珍攝為禱。肅此馳稟，不盡所懷，
叩請
金安

父親大人前叱名請安　　女　淑英謹稟　九月五日

大明表兄囑筆候安

雲林古坑咖啡兩盒，另託快遞。

再稟者：本學期女　榮膺班代表。又稟。

㈠稱謂語

上例「母親大人」。稱謂語是發信人對受信人的稱呼，要考量雙方的「關係」與「輩分」，一般由「名、字、號」、「公職銜」、「私關係」以及「尊詞」共同組成，例如蘇軾號東坡，依上列組合，就可以寫成「坡公校長吾師大人」，但是並非一定都要四者皆備，例如：「坡公吾師大人」、「坡公吾師」、「坡公校長」都可以。其中「坡公」是「名、字、號」擇一字用，一般多採用「名、字、號」的上一字，再加上一個「公」、「老」或「翁」字。但是如果「名、字、號」的上一字是「大、小、老、少、長、子、濟」等字，與「公」、「老」或「翁」字結合不雅，則採「名、字、號」的下一字。「名、字、號」的選擇應該先「號」，後「字」，最後才選「名」。對於晚輩可直呼其名，或加上「賢」字，例如：「賢姪」、「賢婿」。

在稱謂語中，先提「名、字、號」再提「公職銜」與「私關係」，如果沒有「私關係」，也可以用「先生、小姐、女士」取代。但是對於直系親屬的長輩，不可以直呼其「名、字、號」，只能用「父、母親」、「祖父、母親」、「伯父」、「舅父」……等，再加上「大人」作為「尊詞」，例如本例「母親大人」。

對於關係較遠的親族可以直呼其名，例如「大明表哥」，「麗秋阿姨」。如果只有私關係的平輩應加書如「大明吾兄」，如果兼有公、私誼則應先私後公，例如「大明吾兄校長」。平輩間如無特殊關係，雖然對方年齡較小，也可以稱對方為「兄」、「姊」。如果交情深可依長幼稱呼如「弟」、「妹」。給師長的信，稱謂語只寫老師的姓或名加上「老師」，例如「王老師」或「大明老師」。給朋友、同學、軍中同袍，可以單寫其名加上「友」、「同學」、「同袍」、「仁兄」、「世兄」……等。給不熟悉的人寫信，可以寫姓加上「先生、小姐、女士」。如果不知對方的姓，可以用職稱代替，例如「編輯先生」、「記者小姐」、「執事先生」或是略而不稱，以「敬啟者」開端。

依照西式習慣，可以視情況在稱謂語之前加上「親愛的」、「尊敬的」來表達親密或尊重。

同時寫信給兩人應並列，以右為尊；同時寫信給三人應並列，以中為尊，右次之，左更次之。

(二)提稱語

上例「尊前」與稱謂語並用，又稱「知照敬辭」，必需與稱謂語的關係相配合，是恭請收信人查閱箋文的意思。

(三)啓事敬辭

上例「謹稟者」又稱「開首敬辭」，緊接在提稱語之下，作為陳述事情的發語詞。選擇「啟事敬詞」必需考慮發、收信雙方的「輩分」、「關係」與「事由」。有請託之意可採用「敬懇者」、「茲懇者」、「茲託者」，對於喪家可用「哀啟者」、「泣啟者」。惟現代書信已經很少使用「啟事敬辭」。

(四)開頭應酬語

上例「叩別……時切馳依」。這是述說正文以前的寒暄用語、客套語。要體查發、收信雙方的關係情境，切合實際。

(五)箋文本文

本例「前月二十五日……爭取最好的成績」。書信的主旨所在，需注意要意思通達顯豁，條理層次分明。

(六)結尾應酬語

本例「時序入秋……起居珍攝為禱」。全文結束以前的應酬用語。一般開頭應酬語著重在關懷問候，結尾應酬語著重在期望企盼。因為正文的主旨又可細分為臨書語、請託語、請教語、求恕語、謙遜語、侍愛語、餽贈語、請收語、盼禱語、求允語、感謝語、保重語、干聽語、候覆語……等。

(七)結尾敬辭

本例「肅此馳稟……叩請　金安」。用來收束上文，可區分為「敬語」和「請安問候語」兩部分。

1. **敬語**

需與啟事敬辭相對應，用在表現發信者感情，強調收束加強可以用「申悃語」，例如：「肅此馳稟」、「肅此奉陳」。用在請收信人鑑察，可以用「請鑑語」，例如：「伏祈垂鑑」。此處「申悃語」和「請鑑語」也可以同時使用，例如：「耑肅奉陳，伏祈　垂鑑」。現行書信敬語部分多省略成「耑此」、「敬此」、「手此」、「草此」二字。

2. **請安問候語**

用以祝福，一般多用「請」加「安」字，例如：「叩請　金安」、「敬請　道安」，也可以用「頌」字加上「祺、祉、綏」字，例如：「敬頌　崇祺」、「順頌　台綏」、「即頌　旅祇」。請安問候語的末兩字需頂格。例如本例「金安」二字。

(八)並候語

本例「父親大人前叱名請安」。請收信人代替發信人向人問候之用語，有「代為問候」之意，需另行書寫以示敬意。

(九)自稱、署名、末啓詞

本例「　女　淑英謹稟」。應用在頂格問候語（本例「金安」）的下一行，書信下三分之一處書寫。

1.自稱

自稱語需側書，並與書信開始的稱謂語相對應。例如：「父母親」與「兒、女」；「老師」與「生」、「受業」、「學生」。受信人是長輩，可自稱「晚」、「後學」；受信人是職業上的長官，可自稱「職」；受信人是平輩，可自稱「弟」、「妹」；受信人是兒、女，只在署名書「父、母」，無須自稱；受信人是其他晚輩，可加上「愚」、「劣」「竊」等自謙稱呼，例如：「愚兄」、「劣叔」、「竊職」。

2.署名

除了家族與關係親近的人，可以只寫名不寫姓之外，其餘關係應書全部姓名。字、號是別人對己的尊稱，所以自己只能署姓名，不能署字、號（關係特殊者除外）。直系尊長寫信給兒孫，通常不署姓名，只用「祖父」、「父」、「母」。居喪者需在姓下再側書一「制」字，例如：「王制　大明」。

3.末啓詞

本例「謹稟」。又稱署名下敬詞，用以表示發信人的禮敬或告白。對於親族長輩可以「敬、謹、拜、叩、肅」等字，加上「稟、上、叩」等字，例如：「叩上」、「敬叩」等。對於其他尊長可用「敬、謹、拜、叩、肅」，加「稟、上」，例如：「敬上」，「謹稟」。對於平輩可用「敬、謹、拜」加「啟、上」，例如：「敬啟」、「拜上」，或用「頓首」、「鞠躬」。對於晚輩可用「手」字加「書、示、啟、諭、覆、白、字」，例如：「手書」、「手字」，或用「書、示、啟、諭、覆、白、字」加「諭、示、字」，例如：「書諭」、「示字」，或只用「諭、示、字」。

(十)時間

本例「九月五日」。字體應略小，可偏左或偏右，亦可以分兩行書寫。除了年、月、日之外，也可以書寫節日或節氣，例如「端午節」、「中秋」……等。同時也可以添加光景或心情，例如：「臘月櫻花樹下思鄉」，「溽暑暴風雨後憶人」。

(土)附代候語

本例「大明表兄囑筆候安」。發信人的親友稱為「附候人」，囑託發信人附筆向收信人請安問候。需書寫於發信人左側，附候人是發信人的長輩，附代候語的頭一個字應該略高於署名，用語可以用「囑筆」。附候人是發信人的平輩或晚輩，附代候語的頭一個字應該略低於署名。平輩用語可以用「囑筆」、「附筆」，晚輩用語可以用「稟筆」、「侍」、「隨」。

(十二)附件語

本例「雲林古坑咖啡兩盒，另託快遞」。寫在並候語左側，略低寫起。有附件才需要書寫。

(十三)補述語

本例「再稟者：本學期女　榮膺班代表。又稟」。補述語是不得已添加使用，多與書信本文沒有關係，正式書信不應該使用。書於信尾另起一行，與正文齊平或低一至二格。補述語應簡短以免喧賓奪主。補述語的開頭可以用「再稟者」、「再稟」、「再啟者」、「再啟」、「陳情者」、「陳請」、「再者」。結尾可以用「又稟」、「又啟」、「又陳」、「又及」，但不宜使用西式「PS:」（post script）。

(十四)其他應注意事項

1. 抬頭（抬寫）

抬頭是用以表現對受信人的尊敬，可分為「三抬」、「雙抬」、「單抬」、「平抬」與「挪抬」五種。三抬為另起一行，比各行高於三字書寫，雙抬與單抬類推，各高於二字與一字。書信需使用三抬、雙抬與單抬時，書寫時需於全文空一至三格。此三種形式的「抬頭」皆已不常使用。

「平抬」指另起一行，頂格書寫，例如本例中的「叩別（頂格）慈雲」、「叩請（頂格）金安」。「挪抬」指在本行空一格書寫（本文以□表示），例如本例中的「□大明表兄」，「伏望□起居珍攝為禱」。凡涉及收信人或長輩即可平抬，挪抬交互使用。「慈雲」是母親的指稱，「叩請　金安」，表示「叩請（您）金安」，所以都採平抬。平抬之後，該行會留下空格稱為「吊腳」，箋文繕寫，每頁最少要有一行通行到底，不宜通篇吊腳，而且需謹守「一字不成行，一行不成頁」。

應側書偏寫的字也不宜置於平抬地位，如果書寫到行首，恰好遇到需要抬寫的人、事、物，就無法顯現出抬頭的敬意，此時，應該在前一行文字加減增刪，才能彰顯平抬的尊重意義。

同一個句子中，遇到兩個以上與受信人相關需要抬頭的事物，則「前抬後不抬」，例如：「□令尊大人福體增綏」，不寫作「□令尊大人□福體增綏」。

抬頭是對於他人的敬稱，所以有「抬人不抬己」的原則。例如：「吾□兄」抬「兄」是正確的寫法，寫成「□吾兄」，抬「吾」字是錯誤的。

2.側書

將某些文字偏右縮小書寫，稱為側書。又可以分為：

(1)謙側：在箋文中為了表現謙遜，不敢居中，書及發信人自己、發信人的身體或事物，以及發信人的卑親屬，都可使用側書，例如：「晚」、「弟」、「小姪」、「拙著」、「賤軀」……等。如果側書緊接其他名詞，則前者側書，後者不用側書，稱為「前側後不側」，例如：「敝　國」、「敝　校」。但是對於已經過逝的卑親屬則無需側書，稱為「生側死不側」，以死者為大。

(2)敬側：用在信封中欄對受信人名字的側書，以及在箋文中提到收信人的親友名字，為了表示尊重也可以側書，例如：「□令師大　明　先生」。

3. 稱呼與名字

箋文書寫到任何姓名，皆不可拆分在兩行，應該在本行文字略作增刪。

(1)自稱：書信中發信人稱呼自己，不寫作「我、吾」，而用「鄙人」、「不才」、「不佞」、「某」、「愚」、「僕」……等代之，對於長輩或平輩，上述自稱需側書。

(2)稱人：書信中發信人稱呼人，也避免用「你、汝、爾、您」，一般公務往來對象，可用「閣下」、「先生」、「台端」，或稱其職銜「校長」、「總經理」。對直系尊長用「祖父母親」、「父母親」，或是如稱謂語中所運用加上「翁、老、公」的稱呼用法。稱收信人家庭、服務機關、住處應加上「貴」字，如「貴公司」、「貴校」、「貴國」、「貴府」。稱收信人眷屬與店鋪可以用「寶眷」與「寶號」，也可以連用「貴寶號」。

稱呼第三人可用「伊」、「渠」等。

4. 信箋折疊

將箋文朝外，左右對齊，先對折成長條形，再視信封封口寬度折出一小條直摺。然後視與收信人的關係，由腰部向後反折。

當收信人為長輩時，由下方約三分之一處反折（前段高於後段），形狀像發信人以跪姿稟告，稱為「跪疊」。

當收信人為平輩或一般晚輩時，由下方約二分之一處反折，形狀像發信人鞠躬行禮。

當收信人為直系血親晚輩時，由下方反折約三分之二（後段高於前段），形狀像收信人以跪姿捧讀。

不論何種折法，都應將箋文的起首稱謂語朝前，緊貼信封正面處。讓收信人抽出信箋，立即可以看到自己的稱謂。

除非凶信、喪事或絕交信，否則箋文內容皆需朝外。

以下概列書信常用語簡表，其他更詳盡資料，請參閱其他應用文專著。

書信常用語簡表

類別	對象	稱謂	提稱語	啟事敬詞	結尾敬詞	問候語	自稱	末啟詞
家族	祖父 祖母	祖父大人 祖母大人	膝前 膝下	敬稟者 叩稟者	耑肅 肅此	恭叩□頤安 恭請□金安	孫 孫女	敬稟 謹叩
	父親 母親	母親大人 父親大人	膝前 膝下	敬稟者 謹稟者	耑肅奉稟 耑肅	敬請□福安 叩請□金安	男 女	肅上 謹上
	伯父母 叔父母	伯父母大人 叔父母大人	尊前 崇鑑	敬陳者 敬肅者	謹此 肅此	敬請□褆安 敬頌□崇祺	姪 姪女	拜上 謹上
	姊 兄	○○姊 ○○哥	賜鑑 尊鑑	敬啟者 謹啟者	謹此 敬此	敬祝□安康 虔頌□福祉	弟 妹	敬上 謹上
	妹 弟	○○妹 ○○弟	惠鑑 如晤	茲啟者 啟者	耑此 草此	即候□近佳 順頌□時祺	愚姊 愚兄	手書 手啟
	夫	○○夫子 夫君	偉鑑 大鑑	敬啟者 謹啟者	耑此 特此	敬請□台安 敬頌□時祺	妻 妹	敬啟 拜啟
	妻	○○賢妻 妹	慧鑑 雅鑑	敬啟者 謹啟者	耑此 匆此	順請□妝安 順祝□闔安	夫 兄	再拜 頓首
	弟婦	○○妹	慧鑑 惠鑑	茲啟者 啟者	惠此 特此	順祝□近安 順頌□近祺	兄 姊	謹啟 手啟

（續）

類別	對象	稱謂	提稱語	啓事敬詞	結尾敬詞	問候語	自稱	末啓詞
家族	子	○○兒、吾兒	收之、收覺		此諭		父、母	字、手示
	女	○○女、吾女	覽悉、收閱		此諭		父、母	字、示
	姪兒、姪女	○○姪女、賢姪	青覽、青鑑		草此、匆此	即問□近佳、即詢□近綏	伯、叔	手書、手泐
	嫂	○○嫂	尊鑑、賜鑑	敬啓者、謹啓者	敬此、謹此奉達	敬祝□安康、虔祝□懿安	弟、妹	敬上、謹上
	媳	○○賢媳	如晤、親覽		手此、草此	即問□近佳、即詢□近好	愚舅、愚姑	手書、手啓
	孫男、孫女	○○吾孫、孫女	知悉、收悉		此諭		祖父、祖母	字、示
親戚	外祖父、外祖母	外祖父大人、外祖母大人	尊前、尊右	敬肅者、謹肅者	耑肅、肅此	虔頌□崇祺、敬頌□福綏	外孫男、外孫女	敬上、拜上
	姑父、姑母	姑父大人、姑母大人	尊前、尊右	敬肅者、謹肅者	耑肅、肅此	虔頌□崇祺、敬頌□福綏	內姪、內姪女	敬上、拜上
	舅父、舅母	舅父大人、舅母大人	尊前、尊右	敬肅者、謹肅者	耑肅、肅此	虔頌□崇祺、敬頌□福綏	外甥、外甥女	敬上、拜上
	婕父、婕母	婕父大人、婕母大人	尊前、尊右	敬肅者、謹肅者	耑肅、肅此	虔頌□崇祺、敬頌□福綏	姨甥、姨甥女	敬上、拜上
	岳父、岳母	岳父大人、岳母大人	賜鑑、賜右	敬肅者、謹肅者	耑此、肅此	即請□崇安、順頌□時綏	子婿、婿	敬上、拜上

（續）

類別	對象	稱謂	提稱語	啟事敬詞	結尾敬詞	問候語	自稱	末啟詞
親戚	親家	親家翁 親家母	惠鑑 左右	敬啟者 謹啟者	耑此 謹此	順請□儷安 順祝□安祉	姻愚弟 姻侍生	敬啟 拜啟
	姊夫	○○姊丈 ○○姊倩	台鑑 英鑑	敬啟者 謹啟者	耑此 謹此	恭請□台安 順祝□時祺	內弟 姨妹	再拜 頓首
	妹夫	○○妹丈 ○○妹倩	台鑑 英鑑	敬啟者 謹啟者	耑此 謹此	恭請□台安 順祝□時祺	內兄 姨姊	再拜 頓首
	表兄 表嫂	○○表兄 ○○表嫂	台鑑 英鑑	敬啟者 謹啟者	耑此 謹此	恭請□台安 順祝□時祺	表弟 表妹	再拜 頓首
	內兄 內弟	○○內兄 ○○內弟	台鑑 雅鑑	敬啟者 謹啟者	耑此 謹此	虔頌□近祺 祇祝□近安	愚妹婿 愚姊婿	再拜 頓首
	襟兄 襟弟	○○襟兄 ○○襟弟	台鑑 雅鑑	敬啟者 謹啟者	耑此 謹此	虔頌□近佳 祇祝□近安	姻愚兄 姻愚弟	再拜 頓首
	外孫 外孫女	○○賢外孫 ○○賢外孫女	青鑑 青覽		手此 草此	即問□近佳 即詢□近好	外祖 外祖母	手書 手啟
	女婿	○○賢倩 ○○賢婿	青鑑 英覽		手此 草此	即問□近佳 即詢□近好	愚岳 愚岳母	手書 手啟
	內姪 內姪女	○○賢內姪 ○○賢內姪女	青鑑 青覽		手此 草此	即問□近佳 即詢□近好	姑丈 姑母	手書 手啟
師生	太老師 太師母	太夫子大人 太師母	崇鑑 賜鑑	敬肅者 敬陳者	耑肅 肅此	敬頌□崇祺 敬頌□崇安	小門生 門下晚生	叩上 拜上
	老師	○○吾師 ○公夫子	函丈 壇席	敬肅者 敬陳者	耑肅 肅此	恭請□誨安 敬請□講安	受業 學生	敬上 拜上

（續）

類別	對象	稱謂	提稱語	啓事敬詞	結尾敬詞	問候語	自稱	末啓詞
師生	師母	師母	崇鑑 賜鑑	敬肅者 謹肅者	敬此 肅此	敬請□崇安 敬頌□崇祺	學生	敬上 拜上
	師丈	○○師丈	崇鑑 賜鑑	敬肅者 謹肅者	敬此 肅此	敬請□崇安 敬頌□崇祺	學生	敬上 拜上
	學生	○○學弟 ○○賢棣	雅鑑 如晤		手此 草此	即問□近好 即祝□進步	小兄 愚姊	手書 手啓
	學生	○○學妹 ○○女弟	雅鑑 如晤		手此 草此	即問□近好 即祝□進步	小兄 愚姊	手書 手啓
世交朋輩	長輩	○○老伯 伯母	尊鑑 尊右	敬啓者 謹啓者	耑此 肅此	恭請□鈞安 敬請□崇安	愚姪 愚姪女	謹上 拜上
	長輩	○○老叔 叔母	尊鑑 尊右	敬啓者 謹啓者	耑此 特此	恭請□鈞安 敬請□崇安	愚姪 愚姪女	謹上 拜上
	平輩	○○吾兄 姊	足下 惠鑑	敬啓者 謹啓者	耑此 特此	順頌□時綏 順祝□近安	弟 妹	再拜 頓首
	平輩	○○吾弟 妹	足下 惠鑑	敬啓者 謹啓者	耑此 特此	順頌□時綏 順祝□近安	兄 姊	再拜 頓首
	晚輩	○○世兄 世台	惠鑑 雅鑑		耑此 特此	順頌□時綏 順祝□近安	愚	敬啓 手啓
	同學	○○學兄 學長	文几 硯石	敬啓者 謹啓者	耑此 特此	順頌□時綏 順祝□近安	學弟 學妹	再拜 頓首
	朋友	○○仁兄 仁姊	偉鑑 惠鑑	敬啓者 謹啓者	耑此 特此	順頌□時綏 順祝□近安	弟 妹	再拜 頓首

（續）

類別	對象	稱謂	提稱語	啓事敬詞	結尾敬詞	問候語	自稱	末啓詞
朋友世交平輩	朋友關係	○○吾兄、○○夫人	雙鑒	敬啓者、謹啓者	耑此、特此	順頌□儷祺、順祝□儷安	弟、妹	再拜、頓首
各界	政界長輩	○○公主席、○○公局長	鈞鑒、勛鑒	敬肅者、謹肅者	敬此、肅此	恭請□鈞安、敬請□勛安	晚、後學	謹上、敬上
	軍界長輩	○○公將軍、○○公師長	麾下、幕下	敬肅者、謹肅者	敬此、肅此	恭請□麾安、敬請□戎安	晚、後學	謹上、敬上
	商界長輩	○○公董事長、○○公總經理	崇鑒、賜鑒	敬肅者、謹肅者	敬此、肅此	敬請□崇安、敬頌□崇祺	晚、後學	謹上、敬上
	學界長輩	○○公校長、○○公教授	道席、麈次	敬肅者、謹肅者	耑肅、謹肅	敬請□鐸安、恭請□崇祺	晚、後學	謹上、敬上
	政界平輩	○○先生、○○女士	惠鑒、閣下	敬啓者、逕啓者	專此、特此	順頌□勛綏、專候□勛祺	弟、妹	敬啓、拜啓
	軍界平輩	○○連長、○○營長	麾下、幕下	敬啓者、逕啓者	專此、特此	順頌□勛綏、專候□勛祺	弟、妹	敬啓、拜啓
	商界平輩	○○襄理、○○公課長	惠鑒、大鑒	敬啓者、逕啓者	專此、特此	即祝□時安、順頌□籌祺	弟、妹	敬啓、拜啓
	學界平輩	○○主任、○○公教授	左右、雅鑒	敬啓者、逕啓者	專此、特此	祗請□著安、順頌□文祺	弟、妹	敬啓、拜啓
方外	比丘	○○上人、○○法師	方丈、法鑒	敬啓者、謹啓者	耑此、特此	祗請□道祺、敬祝□道安		敬啓、拜啓
	比丘尼	○○師太、○○老師太	法鑒	敬啓者、謹啓者	耑此、特此	順頌□時綏、順祝□近安		敬啓、拜啓

（續）

類別	對象	稱謂	提稱語	啓事敬詞	結尾敬詞	問候語	自稱	末啓詞
方外	神父	○○司鐸	有道 道鑑	敬啓者 謹啓者	耑此 特此	祇請□主佑 敬祺□神佑	弟 妹	敬啓 拜啓
	牧師	○○牧師	有道 道鑑	敬啓者 謹啓者	耑此 特此	敬祝□神佑	弟 妹	敬啓 拜啓
	修女	○○修道	有道 道鑑	敬啓者 謹啓者	耑此 特此	敬祝□神佑	弟 妹	敬啓 拜啓
	道士	○○法師	法鑑	敬啓者 謹啓者	耑此 特此	祇請□道祺 敬祝□道安		敬啓 拜啓

讀書報告寫作

讀書心得報告的格式，一般說來，有下列幾項：

一、書名
二、著者
三、出版項
四、頁數
五、內容大意
六、讀後心得
七、評語
八、附註

但隨著課程授課教師的要求，或主辦單位的需求而有所不同，以「環球科技大學士心獎勵名人傳記閱讀心得競賽」為例，其徵文寫作的要求與格式如下：

環球科技大學士心獎勵名人傳記閱讀心得競賽

主辦單位：士心文教基金會
承辦單位：通識教育中心
協辦單位：圖書資訊處愛閱團、通識中心各學科領域教學研究會

一、競賽緣由

本校創辦人許文志博士希望環球學生善用圖書館，由士心文教基金會提供獎金鼓勵同學，透過閱讀名人傳記以瞭解名人立定目標、努力奮鬥的過程，進而探究其發想動機、獲得成功的原因，並能在閱讀後抒發心得己見，激發自我努力的志向，為自己規劃美好前程。

二、競賽目的

1. 提升閱讀經典能力：透過閱讀瞭解名人奮鬥失敗與成功的原因。
2. 提升寫作表達能力：藉由心得寫作抒發己見表達生涯發展藍圖。

三、參加對象：全校學生

四、競賽時間（長期徵稿／每學期決審兩次優秀作品頒發獎金及獎狀）

1. 第一次截稿日期：每學期期中考前兩週之週五
2. 第二次截稿日期：每學期期末考前兩週之週五
3. 決審得獎公告：每學期期中、期末考前之週五

五、士心獎勵（邀請專家評審進行決審並公開表揚得獎同學）

1. 第一名：獎金三千元、獎狀一張
2. 第二名：獎金兩千元、獎狀一張

3. 第三名：獎金一千元、獎狀一張

六、活動辦法

1. 請到圖書館借閱名人傳記（不限古今中外名人），記錄這本書的書名、作者、索書號、出版社。
2. 以每期每人限投稿一篇，一篇寫一人為原則，先摘要寫下此位名人的嘉言語錄三則（例如：1.態度決定一個人的高度。2.……。3.……。）；再寫下自己的心得、感想、啟發等至少五百字以上。
3. 心得格式如附件，檔名為名人＋學號＋姓名（例如：名人107587101陳漢龍），請以電腦繕打存成word檔後直接mail給主辦單位（主辦單位mail:merops35@yahoo.com.tw）。
4. 心得作品必須為本人親自撰寫，不得複製網路文章或他人心得，一經查證違反智慧財產權規範者，除沒收獎金與獎狀外，另依校規進行處分。
5. 主辦單位保有將作品結集出版或刊載本校環球通訊公開展示的權利。

七、創辦人推薦書單

索書號	書名	作者	出版者	分類號
C213377	本心：張榮發的心內話與真性情	張榮發	遠見天下文化	490.9933
C082001	張忠謀自傳	張忠謀	天下文化	782.886
C095698	三千億傳奇：郭台銘的鴻海帝國	張戍誼	天下雜誌	484.6

索書號	書名	作者	出版者	分類號
C112186	從零到一百億：矽谷創業之神陳五福的成功故事	郝士巾	先覺	494
C116814	王永慶奮鬥傳奇，又名，王永慶奮鬥史	李仁芳	遠流	494.08
C160121	稻盛和夫的中小企業經營學	稻盛和夫	天下雜誌	494
C168771	無私的開創：高清愿傳=The autobiography of C. Y. Kao eng	莊素玉	天下遠見出版	782.886
C012496	億兆傳奇：國泰人壽之路	彭蕙仙	商周文化	563.728
C045694	鮮活思維：人生以享受為目的	施振榮	聯經	177.2
C086102	洛克斐勒：歷史上的第一位億萬富豪	契諾	商業周刊出版	785.28

學生參與徵文競賽的作品如下，可作為我們讀書報告寫作的範例。

編號：15

通識士心獎勵名人傳記閱讀心得競賽

姓名	邱鈺展	班級	資電三甲	學號	105433110
書名	不死的蝴蝶	作者	R.A.迪奇（R.A.Dickey）／ 威恩・考菲（Wayne Coffey）		
索書號	9789862723814	出版社	商周出版		

摘要名人的嘉言語錄三則

1. 只要一息尚存，我將繼續懷抱希望。（p.5）
2. 人不怕被打敗，只怕遇不到可以真正打敗自己的對手。（p.18）
3. 你諾不願意面對心魔，沒有勇氣克服你的恐懼、傷痛與怨。（p.275）

閱讀心得（至少五百字以上）

一隻毛毛蟲要爬多遠？一隻毛毛蟲要遇到多少危險、困難？需要經過幾次的蛻變才能成為最美麗的蝴蝶？R.A.，一個名不見經傳的棒球選手，是蝴蝶球讓我對他產生了興趣。還記得是在二〇一〇年九月九日那天，一位名叫提姆・韋克菲爾德的投手，以四十四歲的高齡拿下勝投，寫下隊史紀錄，他的決勝球就是蝴蝶球。蝴蝶球在大聯盟中是一種非常冷僻的球種，會選擇用蝴蝶球當決勝球的投手少之又少，大多數的投手都會以快速球、滑球、曲球……等球種當決勝球，像大家所熟悉的王建民是以伸卡球聞名，郭泓志的對決球則是高達八十八英里的滑球。

書中我比較喜歡的兩章分別是「速球輓歌」、「查理眼中的世界」。「速球輓歌」描述R.A.練習投蝴蝶球已經九年了，雖然沒有明顯成效，但卻偶有佳作，所以球團也從未放棄他，直到二〇〇四年的某一天對上天使隊中繼出賽，正當他投出一顆二縫線的速球時，突然聽到肩膀傳來既清脆又響亮「啪」的一聲，因此被列入了傷兵名單。起初R.A.並不願意成為全職的蝴蝶球投手，但春訓時自己知道已經無法投出高達九十三英里的速球了，再加上總教練勸說：「再走傳統球路的話，將永遠無法成為大聯盟的投手。」R.A.終於點頭面對現實。

我本身也常常在反思：自己是不是也習慣性地使用錯誤的方法，就像在寬廣無際的沼澤中堅持單靠雙手游回岸邊，而非藉助藤蔓、樹枝等有利條件，直到快要淹沒在沼澤中時才願意改變方法？雖然臺語有句話說「愛拼才會贏」，可是堅持使用錯誤的方法，再怎麼拼仍然注定失敗，唯有找到正確的方法才能邁向成功。

我最喜歡的莫過於第二章「查理眼中的世界」，此章是描述R.A.去請教每場都能蝴蝶球隨意飛舞的老前輩查理，R.A.曾問過查理：「你多久學會投蝴蝶球？」查理跟他說：「我一天就學會怎麼投了，但要投出好球，卻幾乎耗去我整個職棒生涯。」因此那一年冬季R.A.投了一萬球？三萬球？五萬球？不！他早已將投了幾球置之度外了，他在乎的是要如何讓蝴蝶球飄著美麗的曲線，慢慢地飄進捕手手套三振打者。

蝴蝶球是棒球中唯一可以「無為而治」的球種，不像曲球會彎、不像切球會向下削、不像滑球會下墜，因為蝴蝶球在離開手中時，球的飛行軌跡就必須交給球場的天氣、氣溫、溼度、風向……等外在因素。

但這何嘗不是人生？你只能固定好放球點盡人事，其餘的就得交給上蒼安排聽天命了！就算失敗那又如何？世界上沒有永遠失敗的人，只有害怕失敗的人，就像R.A.的座右銘：「或許你會擊中我的球，打得我七葷八素，甚至輕易的把球揮出場外。但我總是會站起來不斷朝你進攻。」

有些人的一生像直球一樣，一路順遂；有些人的一生像滑球一樣，當要進壘時忽然下墜從此墮落；有些人的一生像曲球一樣，緩慢的從壞球慢慢的飄進好球帶；有些人的一生則像蝴蝶球一樣，上上下下起伏不定。俗話說：「沒有礁岩哪能激起美麗的浪花？」R.A.則說：「有些人會因為悲慘的事而逞兇鬥狠，但有些人卻會因為這些事而成為逆境鬥士。」R.A.曾經屬於前者，當他年幼時遭遇性侵埋下陰影，念中學時，整天過著尋釁滋事的生活，直到他接觸信仰、和遇到人生的另一半，才慢慢的將他從黑暗的深淵中拉回，讓他重新找回自我。我個人對社會上的不良分子不屑一顧，但我對那些懂得回頭的浪子卻倍感尊敬。我相信每個人都會覺醒，只是時間早晚的問題，而最終，每個人的人生也將會因為覺醒的先後，締造不同的成就。

指導老師：謝金安老師

基於以上的徵文格式要求，也請同學走一趟圖書館，借一本名人傳記，完成下面這份讀書報告寫作的學習單，並踴躍參加學校徵文競賽的投稿。

編號：

士心獎勵名人傳記閱讀心得競賽

姓名		班級		學號	
書名		作者			
索書號		出版社			

摘要名人的嘉言語錄三則

1.

2.

3.

閱讀心得（至少五百字以上）

指導老師：謝金安老師

國家圖書館出版品預行編目資料

中文鑑賞與應用／環球科技大學文哲教學研究會編著． -- 五版. -- 臺北市：五南圖書出版股份有限公司, 2019.09
面； 公分
ISBN 978-957-763-546-4（平裝）

1.國文科 2.讀本

836　　108012137

1XZY　國文系列

中文鑑賞與應用

作　　者 — 環球科技大學文哲教學研究會編著
發 行 人 — 楊榮川
總 經 理 — 楊士清
總 編 輯 — 楊秀麗
副總編輯 — 黃惠娟
責任編輯 — 吳佳怡
封面設計 — 王麗娟
出 版 者 — 五南圖書出版股份有限公司
地　　址：106台北市大安區和平東路二段339號4樓
電　　話：(02)2705-5066　傳　　真：(02)2706-6100
網　　址：https://www.wunan.com.tw
電子郵件：wunan@wunan.com.tw
劃撥帳號：01068953
戶　　名：五南圖書出版股份有限公司

法律顧問　林勝安律師事務所　林勝安律師

出版日期　2008年 8 月初版一刷
2012年 9 月二版一刷
2015年 8 月三版一刷
2016年 9 月四版一刷
2019年 9 月五版一刷
2021年 9 月五版三刷

定　　價　新臺幣320元

經典永恆・名著常在

五十週年的獻禮——經典名著文庫

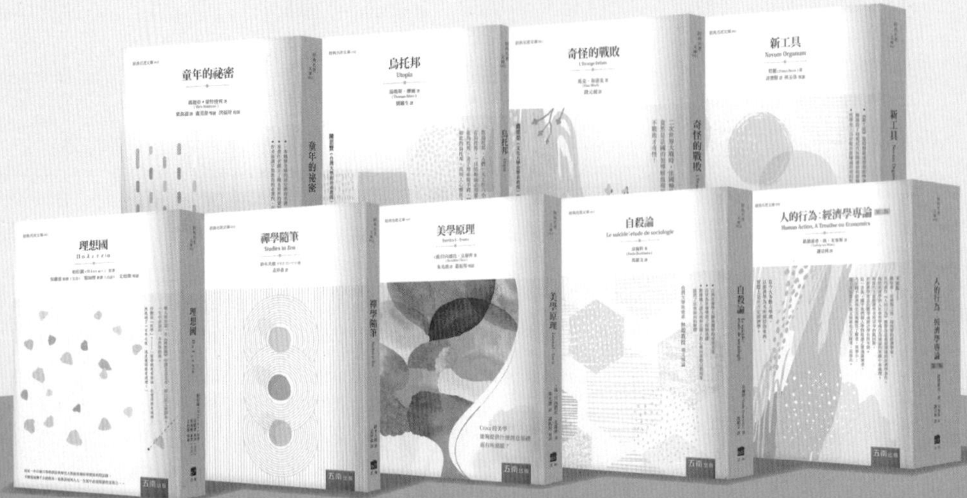

五南，五十年了，半個世紀，人生旅程的一大半，走過來了。
思索著，邁向百年的未來歷程，能為知識界、文化學術界作些什麼？
在速食文化的生態下，有什麼值得讓人雋永品味的？

歷代經典・當今名著，經過時間的洗禮，千錘百鍊，流傳至今，光芒耀人；
不僅使我們能領悟前人的智慧，同時也增深加廣我們思考的深度與視野。
我們決心投入巨資，有計畫的系統梳選，成立「經典名著文庫」，
希望收入古今中外思想性的、充滿睿智與獨見的經典、名著。
這是一項理想性的、永續性的巨大出版工程。
不在意讀者的眾寡，只考慮它的學術價值，力求完整展現先哲思想的軌跡；
為知識界開啟一片智慧之窗，營造一座百花綻放的世界文明公園，
任君遨遊、取菁吸蜜、嘉惠學子！